红楼

夢幻

書法—奚淞

紅樓夢幻：《紅樓夢》的神話結構

目次

序言

天書解謎

白先勇

二〇一四年由於趨勢教育基金會的支持，因緣際會，讓我在台灣大學開講《紅樓夢》。我在加州大學教書，也時常教授這本文學經典，中國最偉大的小說。但退休二十年後，重執教鞭，返回母校；為台大小學弟、小學妹，分享我畢生閱讀紅書的心得，當然，又是別有一番境界。畢竟事隔二十年，我已年近耄耋，人生況味的體驗，又深了一層，對《紅樓夢》也就多了一份了解、感應。未料到《紅樓夢》講座一講三個學期，一百個鐘頭，從第一回講到第一百二十回。我自己也覺得似同頑石歷劫，上至太虛幻境，下至大觀園，走了一遭。在太虛幻境的孽海情天裡，我似乎也窺到那冊冊祕笈，上載著金陵十二釵的各自命運：

三春去後諸芳盡，
各自須尋各自門。

《紅樓夢》十二支曲悠悠奏起時，我只聽到最後兩句：

好一似食盡鳥投林，
落了片白茫茫大地真乾淨！

大觀園繁華似錦、大觀園繁華落盡，轉瞬間紅樓一夢，黃粱未熟。最後賈寶玉大出離與他父親賈政辭別，合十四拜，面上似喜似悲，隨著一僧一道飄然而去，一聲禪唱，歸彼大荒。講到這一回，我亦不禁「悲欣交集」。

《紅樓夢》是一本天書，有說不完的玄機，有解不盡的密碼。一百二十回愈掘愈深，講了一百個鐘頭好像仍未達到盡頭。這部奇書難解，主要原因是《紅樓夢》的寫實層面，曹雪芹寫得太精彩，一般讀者都把紅書只當作是一本描寫十八世紀乾隆盛世貴族家庭林林總總的寫實故事；孰不知深一層看，《紅樓夢》其實是一本處處暗伏著隱喻密語的象徵主義小說。在寫實的架構上，其實覆蓋著一層以神話寓言為軸心的神祕宇宙。而《紅樓夢》中的神話寓言，又多以佛道為主。是《紅樓夢》一書引導我漸漸走向佛門。但我對於佛法了解不夠深刻，因此，講到紅書中的佛教寓言，總覺得還未能深入其境。

二〇一八年，趨勢教育基金會執行長陳怡蓁又慫恿我開講《紅樓夢》，一共四講，第二講的講題為：紅樓夢的神話架構與儒、釋、道的交互意義。這回我請出了我半生相交的至友奚淞來助講，以補我的不足。奚淞修佛數十載，深諳佛理，同時他又賦有藝術與文學的感性，對於《紅樓夢》有個人獨特深刻的看法。

我常常跟奚淞討論一些兩人都愛好的文學作品，彼此一番心靈交流。遠在一九八六年，我有一次演講：「賈寶玉的俗緣：蔣玉菡與花襲人——兼論《紅樓夢》的結局意義」。我的講稿便是奚淞整理的。定稿前，我們兩人細細地討論了一番這本天書。那是一次觸及靈魂的交談，悅愉之情，難以形容。

二〇一八年五月奚淞與我在台大博雅教學館的演講一講就是四個鐘頭，從兩點講到六點。奚淞一發不可收拾，侃侃而談，闡發了許多聞所未聞的佛學哲理。例如他發現英蓮（香菱、秋菱）的眉心有一顆紅痣，那是一枚菩薩印。香菱這個人物其實有其菩薩性，她是第一個出場的女性人物，也是最後收場的一個。曹雪芹當然賦予這個人物不尋常的意義。這個論點，我相信前人從未道過。奚淞好像在佈法，下面數百名受眾都被迷住了，四個鐘頭竟無人離席，那是一次我們兩人最和諧的天書解謎。

序言

虛空中的夢幻舞台

奚淞

想來，如果不是相識半世紀的老友先勇授意，也不會發生「趨勢教育」邀我參加《紅樓夢》講座的事罷。計畫中，與先勇相對座談的題目是——「紅樓夢的神話架構與儒、釋、道的交互意義」。然而，這不期而來的邀約卻令我大大緊張起來。

銜命談《紅樓》，令我重新翻開塵封已久的經典巨著，鑽出鑽進，真箇是鑽出滿頭紅塵。說實在，對《紅樓夢》我一直是有些情怯、害怕的。

猶記少年時讀《紅樓》，對於其中繁密的人物、衣食細節描寫不太耐煩，卻對寶黛之間生死繾綣的情愛，其感動要超過了莎翁戲劇《羅密歐與茱麗葉》。但特別的是，每當我涉入大觀園中繁華無限、青春笑語情境，往往感受一份莫名的蕭瑟和孤伶，令我為之悚然、肅然，彷彿天地間更有超然巨眼，正凝視這群小兒女的命運。

或如同《紅樓》二十三回中，黛玉漫步園中，偶然飄來崑曲笙笛，是梨香院隔牆有小旦正練習演唱《牡丹亭》戲文：「——原來姹紫嫣紅開遍，似這般都付與斷井殘垣——」黛玉聽了不由得心動神搖、站立不住，痴坐在一塊山子石邊……

直到我中年學佛，讀《心經》「色不異空、空不異色；色即是空、空即是色。」數語道破生命的現象和本質。我乃明白那穿透紅樓熱鬧歡愛場景的，彷彿有遠方山寺的晨鐘暮鼓響起，預告了繁華落盡、好夢成空，「落一片白茫茫大地真乾淨」的大觀園故事終局。這應該也是許多紅書讀者在掩卷後，如我一般，成為始終揮之不去的生命天問罷。

愛欲和傷痛底層藏著人生大謎。曹雪芹書序道：

滿紙荒唐言，一把辛酸淚；

都云作者痴，誰解其中味？

對於曹雪芹留下這部宛如大燈謎式的文學巨著，先勇讚之為「天書」、「天下第一奇書」，三百年來，誰解其中味？我讀紅書至百二十回卷末，見削髮出家的寶玉光頭赤足，在毘陵驛渡頭，向父親所在的泊船倒身四拜。我彷彿看到濛濛落雪遍覆世間，平等消弭了一切坎坷悲歡。至此那古神話中女媧補天棄用的一塊頑石，便也歷經紅樓夢幻，轉貪愛為無盡悲心，證成通靈寶玉了。

從文藝轉向生命的追問乃至學佛，是我的生命歷程。要謝謝知我甚深的老友先勇，把我從佛堂禪關中拉拔出來、仔細參一參這段紅樓公案。對我而言，實在收益甚多。

誠如瑞士心理學家榮格所說：除非是藉著夢與神話，難以通達生命的集體潛意識。而人類文明若不能與此深層心性溝通，將成為危險、惡魔式的文明。這回我反覆研讀曹雪芹這本謎語般的天書，彷彿面對一片淵深巨鏡；我之所見，雖不脫個人思辨，想來也能會同三百年來許多紅書的愛好者，藉此萬古長空、一朝風月的「風月寶鑑」，多少照鑑了自己的靈魂罷。

為了參加與先勇對談講座，一向習慣圖象性思考的我，整理對紅樓神話結構所能達成的理解，用毛筆繪成一張〈夢幻舞台〉圖檔，以作為座談時向聽眾列舉的綱要。

圖檔〈夢幻舞台〉完成，概略是這樣的：在「孽海情天」的虛空中，豎立一雙「假作真時真亦假、無為有處有還無」對聯的舞台柱，上方懸「太虛幻境」匾額作梁。宛如傳統地方戲曲舞台般，台上貼出五張待演出的劇目，以墨汁鮮明的大字依序寫出：「石頭記」、「金陵十二釵」、「風月寶鑑」、「情僧錄」乃至壓軸大戲「紅樓夢」。

這圖檔上列出的劇目大綱可不是我瞎掰的。經過好一段時間研究《紅樓夢》重重包裹的神話和象徵，我發現解謎之道不在天邊，其實近在眼前。君不見作者曹雪芹早在《紅樓》開卷第一回前段，就已為這本天書一口氣訂下四個標題，再加上他向讀者預示對「夢、幻」二字的特別提醒，就合成五則標題了。還有什麼線索，比得上這五則標題更像是解祕的鑰匙呢？

最後，我以細線在虛空中圈出了曼荼羅形圓周，作為「夢幻劇場」的範疇。設計出這似有若無、包圍一切劇情故事的細細虛線，其實是我想追究書中隱藏著一位最不為人留意的角色。且看這齣紅樓大戲、眾多演員中，誰才是第一位登場又最後離場的女性？原來是那位最早被瘋僧說成「有命無運、累及爹娘」的三歲女娃娃甄英蓮！誰看見這甄（真）竟出入於賈（假）府大觀園舞台？而這英蓮又化名為香菱、成熟為秋菱，無怨無尤地歷盡生命苦難，回歸本名甄英蓮（甄者「本真」，英蓮則「應當化蓮」）被父親攜往太虛幻境銷案……這段包括全書而又令人視若無睹，所謂「草蛇灰線」般處理故事情節的文學手法，其密意何在？待座談時，再詳說罷。圖檔完成，我參與《紅樓》講座的心也就比較篤定了。

很開心的，能夠與先勇一起說《紅樓》。二〇一八年初夏，在台灣大學博雅教學館101教室，兩人圍繞紅樓夢的神話結構而談。因為有映幕將〈夢幻舞台〉圖檔依序逐次展現，談話十分順利。然而預定只有兩小時對談，不料打開話匣子便滔滔不絕，若不談完哪能罷休？

「糟了，」我對滿堂聽眾說：「這下子可要說到天黑了。好罷，你們想打瞌睡的，儘管打瞌睡；要逃命的，別作聲，站起身悄悄離開就是了。」聽眾想來多屬「紅迷」，不少人報以笑聲和鼓掌。就在興致勃勃的氛圍中，一場紅樓夢幻便足足說了四個小時，直到黃昏才散會。

行色秋將晚，交情老更親；

天涯喜相見，披豁對吾真。

挽著先勇手臂走出杜鵑花校園時，想到杜甫〈奉簡高三十五使君〉詩句，覺得能與老友如此興會淋漓的暢談《紅樓》，真是太稀罕難得了。

是為《紅樓夢幻》序。

虛空中的夢幻舞台

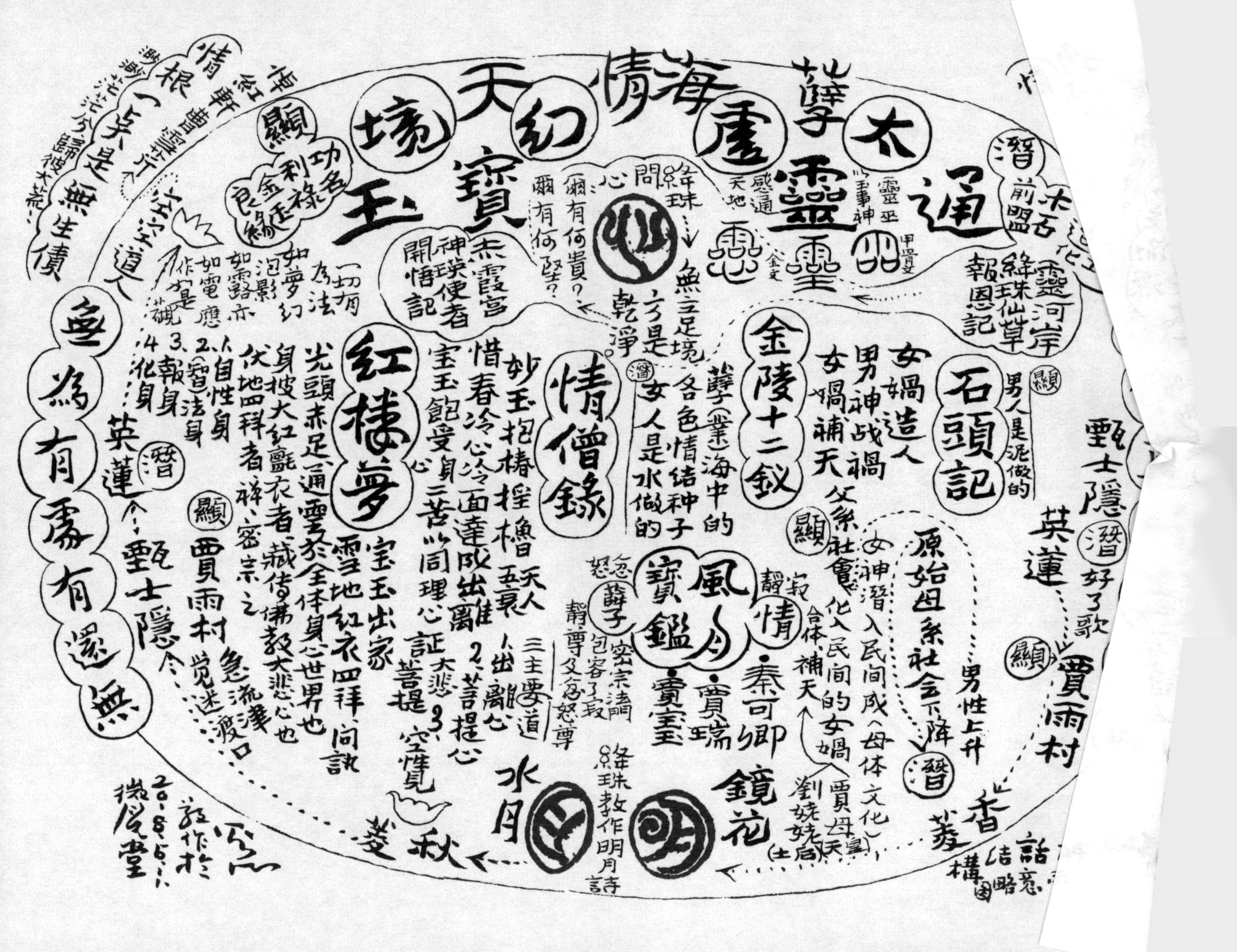
太虛幻境
孽海情天
通靈寶玉
功名利祿金銀良緣
絳珠問心
爾有何貴？
爾有何堅？
無立足境
方是乾淨
赤霞宮神瑛使者開情記
一切有為法
如夢幻泡影
如露亦如電
應作如是觀
石頭記
女媧造人
男神戰禍
女媧補天
父系社會
金陵十二釵
孽（業）海中的各色情結種子
女人是水做的
男人是泥做的
情僧錄
妙玉抱槽握櫓
惜春冷心冷面達成出離
宝玉飽受身心三苦
紅樓夢
光頭赤足通靈於全体身心世界也
身披大紅氅衣者藏傳佛教大悲心也
伏地四拜者禪密宗之
1. 自性身
2. (智)法身
3. 報身
4. 化身
宝玉出家
雪地紅衣四拜問訊
菩提
空覺
三主要道
1. 出離心
2. 菩提心
3. 空覺
風月寶鑑
情
孽
秦可卿
賈瑞
賈宝玉
原始母系社会下降
男性上升
女神潛入民间成（母体文化）
化入民间的女媧
合体補天
賈母（天皇）
劉姥姥（土后）
鏡花
水月
絳珠教作明月詩
秋
菱
香
話意信略構圖
甄士隱
英蓮
好了歌
賈雨村
賈雨村急流津覺迷渡口
無為有處有還無
情根一点是無生債
悼紅軒曹雪芹
渺渺茫茫兮歸彼大荒
茫茫道人
2018.6.1 敬作於
識心堂

《紅樓夢》的神話架構
與儒、釋、道的交互意義

主辦：**趨勢教育基金會**

時間：二〇一八年五月二十七日

地點：台灣大學博雅教學館

講者：

文學家——**白先勇**

手藝人——**奚　淞**

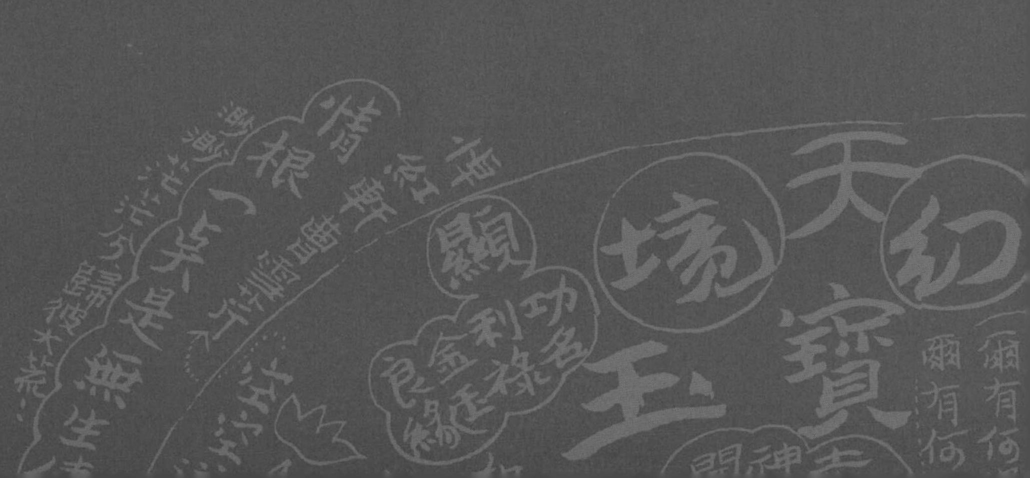

白先勇：

這一系列《紅樓夢》講座，非常謝謝趨勢科技執行長陳怡蓁，她現在是標準紅迷。（「白迷！」陳怡蓁在座位上說。眾笑）我在台大講了一百個鐘頭的《紅樓夢》，是她促成的。一百個鐘頭也不夠，還要繼續；的確，這本書是講不完的。

今天非常特別，我們請到了一位對《紅樓夢》有特別看法、也是我五十年的老友——奚淞。

《紅樓夢》這本書我說它是天書、祕笈，可以包容各種層次的看法。今天主要談的是《紅樓夢》的神話架構跟儒、釋、道三家互動的關係。如果你從紅樓夢架構來看的話，它是二元結構。從上一層、宏觀的來看，它是一個神話架構，包括了佛、道神話，還有中國古神話。它下面那一層、第二層是寫實架構，也就是賈府大觀園現實世界。妙在這裡，兩重天地之間，書中角色可以上天下地；如賈寶玉可以一下子上天、一下子下地，你一點不覺得奇怪。

我們今天主要談談上面那一層——屬於宏觀的那一層，從神話、寓言來講起。我特別請奚淞來，我想，多少年來奚淞一直關注佛法，對於佛法很有修養。此外，早些年他在

《漢聲雜誌》、漢聲出版社工作，當時他做了一件重要的事，就是探索中國的創世神話。從古到今的神話除了佛、道神話，還有我們自己中國的神話。這方面，奚淞還參與了許多次民俗田野調查（field study），所以他對中國的神話了解甚深。

我想光是對於佛法或道家哲學有研究、有修養的人很多，但是奚淞和一般學者不同之處在於他是一個藝術家。他畫佛像、觀音像，他的佛畫可能在座很多人都觀賞過了。同時他也是個作家。他在文學上的修養包括了小說以及細緻的散文。奚淞了解佛、道及中國古神話，兼具對藝術和文學的感性，所以我今天請他來講《紅樓夢》，跟他一起做一番對談。在我是很難得的機會，同時，今天大家在此共聚也非常難得。

當然我和奚淞是很老很老的朋友，大概在一九八六年，那時候我做了個演講，題目是「賈寶玉的俗緣」，談賈寶玉跟蔣玉菡、以及花襲人之間的關係，這段關係牽動了《紅樓夢》的結局意義。這段演講就是奚淞替我整理的，他在整理之間，也提出了許多讓我啟發的見解。關於那一篇文章，如果在座有買我的書——《白先勇細說紅樓夢》，書裡最後附的那篇文章，就是我們兩個的合作。

我們今天又一次結上紅樓因緣，而且我們的老朋友施叔青也來了，大家聚在一起，真的非常非常高興。

奚淞：

非常高興能夠有白先勇和趨勢的邀請，讓我來試作《紅樓夢》有關古神話和佛學方面的解說，其實是很大膽的事；接受了這個工作以後，我鑽出鑽進紅樓夢，一頭都是灰，真個是紅塵滾滾。

說起這段因緣很有趣，有一天先勇來我家，在一樓有小庭院的茶室聊天。先勇三句不離本行，要不就是談《牡丹亭》，要不就是說《紅樓夢》，反正一講便沒完沒了；這十幾年來，我總是聽著的多。那天說紅樓，不知如何說到二十八回裡賈寶玉在行酒令中作詞，唱道：「滴不盡相思血淚拋紅豆……」

〈紅豆詞〉是一首始終被傳唱、好聽的歌。我接口說：「這紅豆，指的就是林黛玉。」先勇訝異地說：「啊，怎麼說，為什麼紅豆是林黛玉？」

我道：「絳珠啊，不就是紅豆的意思；黛玉前生是『絳珠仙子』麼（第一回）。」

他說：「欸，你怎麼想到絳珠就是紅豆，我倒是從來沒往這裡想。」

我說：「你看，就在這兒，院子裡隨生隨長，神話裡的絳珠仙子就在身邊。」

最近大概稍微關心植物的人，都可能察覺，有一種纖細的草本植物突破了生物的國界，泥地任何角落都冒出頭來；幾乎一年到頭，任何不起眼的牆邊草叢，結出一串串鮮豔耀眼、宛如珊瑚珠般的小果果來，有人取名為「珍珠一串紅」。

我每次看到它的時候，都想說：「這不是林黛玉嗎？」

神話似乎永遠伴隨著我們。其實我們活著也就是一種神話。而林黛玉呢，這位絳珠仙子，也就來到台灣，到處都在生長。

也就因為這樣一下子由園中野草引起的靈感和興奮，先勇覺得：「哎，好高興。以前覺得〈紅豆詞〉中『**滴不盡相思血淚拋紅豆**』中的『紅豆』，是來自於王維的詩……」

「**紅豆生南國，春來發幾枝；願君多採擷，此物最相思。**」這文學典故太有名了，所以他沒想到〈紅豆詞〉中的紅豆是影射絳珠，原來作者是在為絳珠仙子的以血淚還情債做了一個伏筆。那下面呢：「**遮不住的青山隱隱，流不斷的綠水悠悠**」，不就指的是紅樓夢神話架構中的「青埂山」嗎?不就是「靈川河」嗎?

因為這樣的引起，當先勇邀我從佛法角度談談《紅樓夢》時，我似乎也覺得可以講點什麼。結果糟糕了，一開口便得牽連到《紅樓夢》全體綿密的神話架構，宛如一部重重疊疊的大燈謎。真的像先勇所說：這是一部天書，也是千古人生之謎。

對喜愛佛學的我而言，曹雪芹巨著猶如一面淵深大鏡，鏡面幻化出繽紛熱烈、悲金悼玉的紅樓夢；但反轉來看這片風月寶鑑，便是「落一片白茫茫大地真乾淨」的常寂光土、也即是佛法的大圓鏡智。既然答應了演講，就只能盡我所能知、就佛學和神話象徵的部分，進行一番剖析。

怎麼來呈現它呢?我想先勇曾經說過，這個曹雪芹的身世啊，就是在雍正年間，家裡祖先被抄了家以後，作為白旗貴族子弟，同時也是一個漢人，他遁隱在民間、遊蕩在民間；也票戲、也做手藝、他什麼都會，特別是對戲曲簡直是愛好到不行。

在寫作方面，他把一部《紅樓夢》披閱十載、五度的修改；最後呢，又把它分成回目，一章一章的調理成形。這辛苦完成的文學形式，經先勇一語道破：說《紅樓夢》之所以好看，是因為每一章回目都處理得像民間戲曲中的折子戲，可說是自明代湯顯祖以降、最動人的戲曲故事。

我想，雖然不能夠像先勇對《紅樓夢》的血肉有那麼多的了解，可是我至少可以就神話架構，為它打造一個象徵式的戲台出來；我為此次演講，設計了〈夢幻舞台〉圖檔，希望在演講的分析過程中讓大家看一看，這神話中的夢幻舞台是怎麼在虛空中逐次增搭完成的。

十九世紀末，史特林堡（August Strindberg 瑞典 1849-1912）是非常好的作家和劇作家。他的《夢幻劇》中有一句話令我難忘：

「**時間和空間皆屬虛幻，夢演出它的戲劇。**」

它展開一個夢的世界，其實也可能是更深一層地潛入於現代物理學、生物學，或者心理學，就是要我們重新從我們跟著感官走的、這個狹隘的現象世界解脫出來，見證無限量的心性領域。

中國傳統在儒、道、釋三家合流以後，觸及了深於表面現象的心性的世界。一般人只活在表象情境中，可是我們不知道生命經過淬煉後，可以認識到廣大、無法形容的心性世界。

那也就是孟子講的「盡其心、知其性」。就是只要你把你的心盡了、吃透了以後，你就會進到整個的天性裡面去，便就是完整的「明心見性」。

談到心境與心性，我覺得又有幾句話，能夠恰到好處的評論了整個《紅樓夢》的神話架構。說這幾句話的人，比曹雪芹要早生一百多年，那就是寫《牡丹亭》的湯顯祖。從他「臨川四夢」四齣戲劇中撿點出三句話——「因情成夢」、「夢了為覺」、「情了為佛」，我覺得可以為整部《紅樓夢》做一番定場界說。

第一句話是「因情成夢」——因為情所以成夢。人之情動來自很深的潛意識、本能的牽引。所謂的「潛意識」就像是處於深睡狀態的業力種子，冥漠中一念牽引，引出情動，導致了種種「生、住、異、滅」的現象變幻。

這個現象為什麼稱它為「夢」呢？因為如果你要抓它是抓不著的，你怎麼抓，它怎麼變。它是無常的、讓你被挾持和受苦的、它不真正屬於你，它只是你誤以為是「我的」現象而已。這就是「因情成夢」。

下一句更精彩。在《南柯記》裡，湯顯祖說：「夢了為覺」。夢了為覺，這個「了」字、不得了！「了」，也就是《紅樓夢》開場第一回裡〈好了歌〉的那個「了」。我們不要誤會，以為那個「了」就只是把它「甩下、捨去、丟掉」。不僅如此，它也是「了結」——它是一定會了結的；同時，它也是「了解」；它是可以被認識、可以「了了分明」的。

「夢了為覺」——如果涉獵佛法，就知道佛陀的母親 Maha Maya（大摩耶夫人）就叫做「大幻夢」，這位夢夫人生下一個兒子，剛生下地，他就一手指天一手指地、他是天上天下唯我獨尊的一個覺察者（Buda）——一個夢的覺者。

佛母和佛陀的關聯，闡明了生命的雙重現象——一端就是夢，一端就是覺，所謂「夢了為覺」。

第三句話是「情了為佛」。我們不要小看了《紅樓夢》裡賈寶玉這個混跡在脂粉堆裡的角色，因為就在他無底限的同理心和悲憫之情中，自有一個佛性藏在其中，很了不起。

說到這裡，我想到為什麼湯顯祖出生在曹雪芹一百多年前，也就是莎士比亞的那個年代，他怎麼能夠為後一百多年的《紅樓夢》寫下如此評語呢？那當然是不可能的事。

那我們倒過來看就會發現：那是因為曹雪芹真正鍾情、愛戴的文藝典範是湯顯祖的戲曲作品，對不對？

白先勇：

我暫時打斷，替奚淞再補充一下。

湯顯祖對《紅樓夢》、對曹雪芹影響非常大。《紅樓夢》裡面引了《牡丹亭》唱詞好多次；比如說像「遊園」裡面的「原來姹紫嫣紅開遍」，就引了好多次。曹雪芹也引了奚淞講的《邯鄲夢》跟《南柯記》，要把《紅樓夢》、《邯鄲夢》跟《南柯記》三本放在一起來看。

剛剛奚淞也提到《紅樓夢》的寫作受了戲曲很深的影響。因為曹家、他的祖父曹寅家裡面就有戲班子的。曹雪芹從小看戲，剛剛講的那幾齣戲，可能從小就看了好多遍，所以有心無心滲透進《紅樓夢》中。

我再補充一點，就是關於湯顯祖的「情觀」，剛才奚淞引的幾句非常好；還有他說的「情不知所起，一往而深」，「生者可以死，死可以生」。所以情是穿越生死，一種很神祕的力量；我想也是最打動曹雪芹的力量。

奚淞：
然後就是湯顯祖所說：「情根一點是無生債」。所以在女媧補天後，剩下那塊無用的、被丟在那個青埂（情根）峰下的頑石，到最後你看它是怎麼樣升到青埂峰頂（情天）上去的。

白先勇：
剛剛奚淞說：那塊石頭到了青埂峰下，生根了，情已經滿可怕了，情要生根。你看看：「情根一點是無生債」，所以呢？他這個情一旦生了根以後，情債永遠還不完了。

我想湯顯祖的情觀，他的佛、道宗教哲學觀的確對《紅樓夢》有很大影響。所以我說湯顯祖的《牡丹亭》是上承西廂、下啟紅樓，湯顯祖的地位如此。

奚淞：

我們更不能忽略了中國從儒家為主的人倫理則到文學的抒情傳統，都奠立在一個「情」字上，在中國文化中占有特別地位。我們一般講：「情、理、法」或者說「通情達理」，這些都屬於中國人情的領域。

我記得四十年前，先勇在美國教書的時候，回來常常抱怨說：不曉得怎麼用英文跟洋學生說明「情」是什麼東西。

「情」確實是中國人的一個公案、一個文化核心；即使進入到印度傳來的佛學當中，也變成中國的佛學裡多了一個情字，是在其他國家裡的佛學沒有的。

同時，中國在漫長的文明發展中，已經把儒、道、釋三家吃得透透的，有點渾然不見你我，三家形跡難分，我們只能約略的感受到它們各自占的分量。

現在開始我們的圖檔簡報……

圖檔一 一塊靈石。不得了，這塊靈石啊——據這本小說的筆法來說，整部故事的創作者，就是一塊石頭。

要知道，就在《紅樓夢》開頭第一回裡，那位空空道人從茫茫大士和渺渺真人那一路神話脈絡中走出來、一個空而又空的一個出家人，是他看到這塊石頭，而且跟這石頭你一言、我一語面對面說話的。

靈石說：這就是我一生經歷紅塵的故事，並且將之記寫在身上——所以作者即是這塊石頭。它也即是後來小說中會出現、鐫刻了「通靈寶玉」四字的石頭；它也即是紅樓主角賈寶玉從娘胎裡帶來、甫出生即啣在嘴裡的玉石。

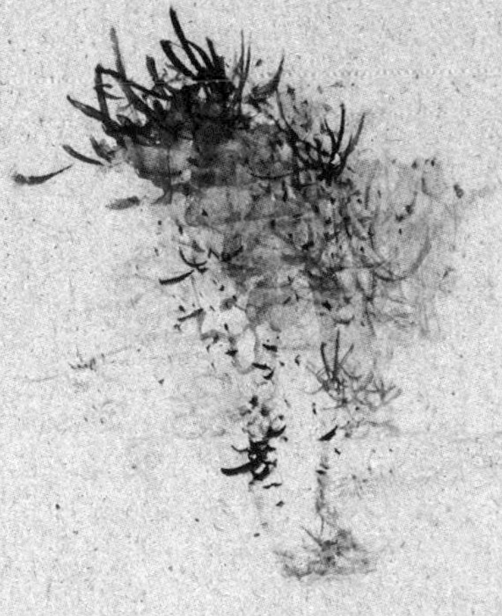

圖檔一 一塊靈石

圖檔二A 通靈寶玉。中國人的文字很嚇人。一位藏傳佛教法友說，他了解的中國文字簡直不得了，就像「香象過河，步步到底」，一個字可能包涵了極深意義。

想想從新石器時代一直到今天，幾千年下來，哪一個國家還在使用這樣一個一個圖形、有象徵性、圖畫般的文字。我們現在就通靈寶玉來看看包括了甲骨文和金文演變在內的一個「靈」字。

小說裡的賈寶玉總愛說：「女兒是水做的骨肉」。關於女人、關於「女兒國」這件事情，等下我要好好來說明一下，它是《紅樓夢》非常重要的主題。「靈」字上面覆蓋著雨水，而這孕育、滋養一切生命的水，不正是「女兒國」的象徵嗎？

圖檔二B 甲骨文、金文和楷書「靈字」。

甲骨文，也就是商代在宮廷裡面為了占卜，用龜甲燒出裂紋，並刻寫一些字。靈字在甲

寶玉

圖檔二A 通靈寶玉

骨文被刻畫成形狀，下面有兩個「口」字。這就像久旱不雨的時候，人們會口口聲聲地求雨道：哎呀，下雨吧，下雨吧，趕快吧，趕快下吧！自古以來都會有乾旱缺水的問題，到現在地球溫室效應下，乾旱就更嚴重了。

再晚一點，到了周代就有所謂的金文——鐘鼎文；也就是周朝的銅器上面銘刻的文字形式，把靈字寫成或。

這下子不得了，本來是兩個口——口口聲聲，現在變成三個口了，好像林黛玉、賈寶玉、薛寶釵三人一起求雨說：下雨吧，下雨吧，下雨吧……就降甘霖吧，降甘霖吧，降甘霖吧……

從最蒙昧的內在感覺來講，我們的生命都是從水裡來的、從無垠的大海水裡來的。

那麼，請老天下雨吧，下雨吧！

圖檔二 B **甲骨文、金文和楷書「靈字」**

金文下面雖然寫一個字，據說它也通於「玉」字。古人以玉來祭天，所以賈寶玉本身有一個祭天的性格在。

再看看金文的另一個寫法，就更精彩了。那底下的，是一個「心」字的象形文。這個玉就是寶玉的心。《紅樓夢》中的賈寶玉始終在尋找他的心，最後他甚至說：我的心已經有了，這塊身外之玉可以不要了（見第一一七回）。

整體來說，寶玉是一個企求通靈，想要用靈魂來溝通天地的角色。因為事實上這泥做的身體和個體，對我們有很大的障礙；等到老病死無常變化到來的時候，就會生起大疑惑：我怎麼會變成這樣了呢？

我為什麼老了呢？我為什麼要去面對疾病、面對死亡？我所愛的東西在哪裡、又有什麼東西我是可以抓住不放的呢？

可以說我們的存在現象本身是一個幻覺、一場魔術，這已經不能說像一場夢、浮生若夢；它就是夢，叫做浮生是夢。

靈字的下半部以**巫**字承載，就是要靠一個如乩童的巫師來掙脫表面現象的拘範，然後跟大自然的真相作成更深的連結。

這個更深的連結是什麼東西呢？現代科學認為人類能夠以感官察覺到的世界，只占整個宇宙質量的百分之五而已，其他百分之九十五叫做暗物質或暗能量，是我們無法察覺和測知的。

同樣我們人類的生物基因DNA之祕已經解碼了，這無盡無窮的DNA資料，可能是從四十億年前的原生物開始，一直排列到今天。那是深不可測的DNA之海，它使你出現了，然而你的DNA中真正可以辨別和分析的，只有少之又少的一部分。在DNA解碼的初期，科學家只能說那些認不出來的DNA叫「垃圾基因」。其實，不可思議才是大神祕。

中國人早就認為人性之上，有不可言說的天性；人要敬天，才能安立於天地之間。

至於佛學，則認為個別的現象（Appearance），本身即涵藏了真如實相（Reality），二者是不可分的；只是世人受無明和貪愛所障蔽，看不到那不可思議的心性本質罷了。所以呢，作為《紅樓夢》敘述的主角、賈寶玉掛在身上的「通靈寶玉」，象徵了他此生的任務，他就是一個打外太空來、追求通靈——所謂「明心見性」的這樣的一個人物。

我們再看靈字下面的心，這個就是甲骨文以來、最古老的「心」字，它好像是一朵花（也請記得佛教的象徵是蓮花）。

所謂「情不知所起，一往而深」，此情必

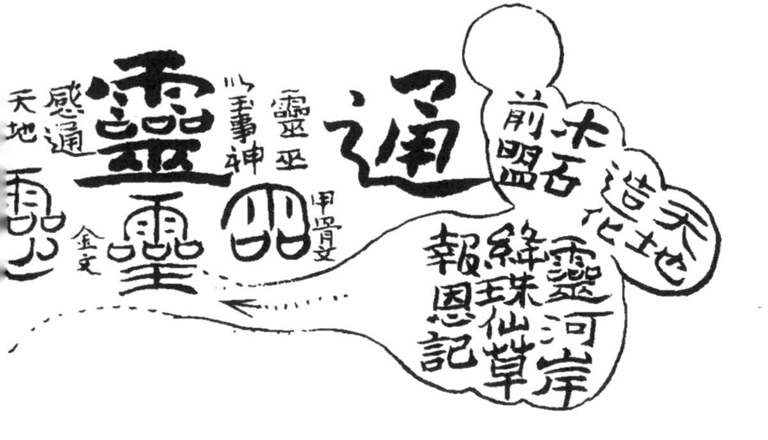

須要有一個對象，有所相應，才會引發整個的行動。

圖檔三 **絳珠仙草與神瑛侍者**。《紅樓夢》整個神話來源，是在靈河岸長了一株絳珠仙草。說到這裡，老友白先勇立刻就提醒我說「三生石畔」，對了，就是在靈河岸三生石畔，有一株絳珠（紅豆）仙草。

另外呢，有一塊石頭被丟在青埂（情根）峰下。那個百無聊賴、沒有用的石頭很無聊，它就晃啊晃的，晃到「太虛幻境」去，跟叫做「警幻仙子」的仙女見了面。

警幻仙子看看這塊石頭……該當是有點來歷，所以就讓它住在「赤霞宮」（請記得紅色），稱它為「神瑛使者」。

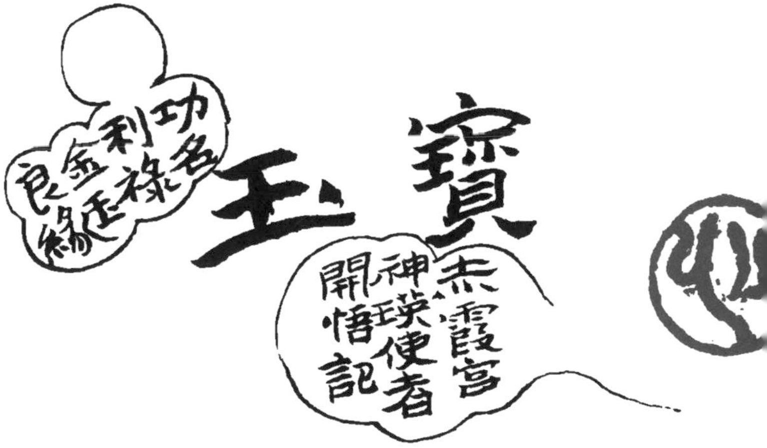

圖檔三 **絳珠仙草與神瑛侍者**

記得當我就圖檔說給先勇聽的時候，先勇馬上瞪大眼睛說：「不是神瑛『使』者，是『侍』者！」

我非常感動。因為當我說「神瑛使者」時，這名字並沒有太大意義，而當他一稱「侍者」的時候，我立刻覺得意義出現了。因為《紅樓夢》中主角賈寶玉來此世間並不是來玩的，他的任務是來照護（侍候）眾生的。

就好像印度佛傳故事中，悉達多並不是因為自己貴為太子，覺得受不了宮廷生活而出家。他是在四門出遊以後，看到眾生的苦惱，他覺得自己必須要去解決它，才走上大出離的修行之途的。

我一直到近年來才懂，整個大乘佛學的精華，原來是「為了眾生」的緣故，這叫做「發心」——把原本狹隘「小我」的心，藉著隨順眾生、不斷增長對眾生的同理心，把心無限量地放大；同時這也是唯一可以通達證悟的路，不然的話，你不會成佛。

就這點呢，所以賈寶玉在前世的神話世界中，原本是神瑛「侍」者。他天生的任務是下凡一遭，去侍候所有大觀園裡的姊妹和情人們。她們若有什麼問題，就趕快設法去替她擋一擋；擋不了的話要挨打、打爛屁股的。這種事情都受過了，所以他是一個十足的侍者。

回到神話架構來看紅樓，當初作為一塊無用頑石的「神瑛侍者」，他無聊嗎？既然通靈，他就離開赤霞宮，跑到靈河岸去了。

他看到：哎唷，這株仙草這麼美！他於是就澆水、澆水、澆水……好了，這下子結了緣了。這一切都是「因緣法」，這世上沒有任何事情、也並無一物能夠單獨自主地存在。

每個人的存在都是緣起於無數不可知、不得了的條件，設想如果沒有宇宙大爆炸、沒有整個銀河星系的完成，怎麼會有我呢？而這整個宇宙的完成，全部都跟我同體、隨時都與我同在，我什麼時候想到過它呢？我有過感恩沒有？都沒有。所以呢？

一切都因為是結上緣了。這個結緣哪，可不得了啊！就因為他澆了水。自神瑛侍者澆了水以後，絳珠仙草就心生一念情意道：「哎呀，受了恩惠，該怎麼辦哪？」

好了，糟糕了。她就說：「我將來就用一生的眼淚來還報他罷了。」天哪，可怕不可怕？她不只是流眼淚，她是「滴不盡相思血淚拋紅豆」耶！她用胭脂紅淚拋紅豆，使得賈寶玉非常痛苦，簡直是椎心刺骨。你說她這是報仇呢、還是報恩？這就是人生大謎了。

可是呢，也就是因為這樣一念的報恩之心，牽動了整個孽海情天。誠如詩佛王維在〈與胡居士皆病寄此詩兼示學人二首〉中所說：「一興微塵念，橫有朝露身……」

要知道，心性海洋裡無數潛藏的心性種子，都不一定會發作的。它們就是瑞士心理學家榮格所說，那是潛在的心理情結、一堆一堆的情結；或可以說是潛意識，或更深層的集體潛意識。情結本來不具實質，只是虛置而已；就好像數學公式，你不把數字代進去它是完全不起作用的。可是你一牽引它的話，它可能產生驚天動地的效果。

榮格說：如果你不懂這個潛在的世界，不能夠跟它善加溝通的話是很危險的。如果一個文明不懂集體潛意識，也無能與集體潛意識連結；這個文明是危險的，可能形成一個惡魔的文明。這是榮格講的。

我們現在好像只有活在意識形態中。我們只認識能夠辨認出來的東西（現象），我們跟著感覺走，我們崇拜感官，而不知道感官是可以通向「明心見性」（真相）的。

絳珠仙草心念這一動，便來到警幻仙子案前登錄；於是喔，牽動了、牽動了，引得一堆的情鬼都要跟著下凡了。為了完成她的報恩，這整齣大戲都是由賈寶玉結緣、林黛玉動情生心搞出來的。這一堆的風流冤家，又稱之為下凡情鬼，聽起來有點可怕，是我們有點不習慣，這「鬼」或可說是「情結」或佛說業力的意思。

一旦加以牽動，所有這些虛置的心靈公式全都蠢蠢欲動。所以這堆人下凡，造歷幻緣；她（他）們有共業、有個別的業；個性、地位、命運參差高低，就聚攏、形成了《紅樓夢》中整體角色的大集結。

白先勇：

我來補充一點，要談談那塊石頭。大家知道，《紅樓夢》開始的神話叫做女媧補天。女媧煉了三萬六千五百零一塊石頭，對不對？

剛剛奚淞講的那塊靈石，它在青埂峰下自怨自艾，因為女媧沒有用上它，沒有用它來補天。它就在青埂峰下，就生了情。

我覺得你剛剛講「牽動」很有意思，原來它有更大的任務，它是要下凡去補情天的。這個情天難補！

所以在第五回中，當寶玉夢中隨警幻仙姑來到太虛幻境的時候，看到宮門上面寫的是「孽海情天」四個大字。這是《紅樓夢》的關鍵字：「孽海情天」。這就是《紅樓夢》，曹雪芹的宇宙觀；我們都浮沉在這個孽海情天，等著被救贖。誰來救贖？要等著賈寶玉來救贖。且看宮門下的對聯，是這樣寫的：

厚地高天，堪嘆古今情不盡；
痴男怨女，可憐風月債難酬。

這個情天是補不完的。這個情天是林黛玉拋紅豆拋壞了。這一下子，痴男怨女這些情鬼都下凡去了。

小心向你拋紅豆的人。這塊靈石，有得它罪受的。

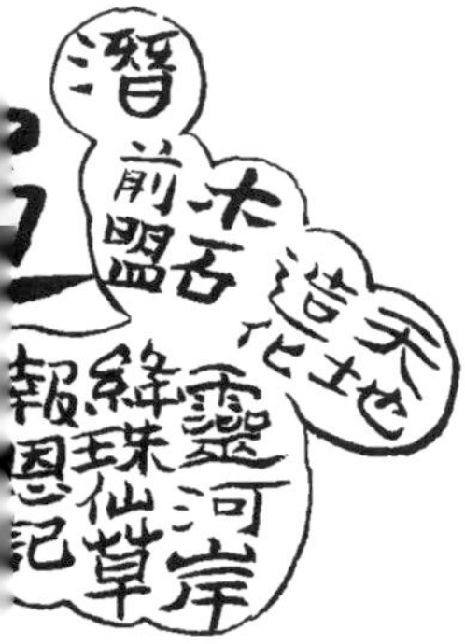

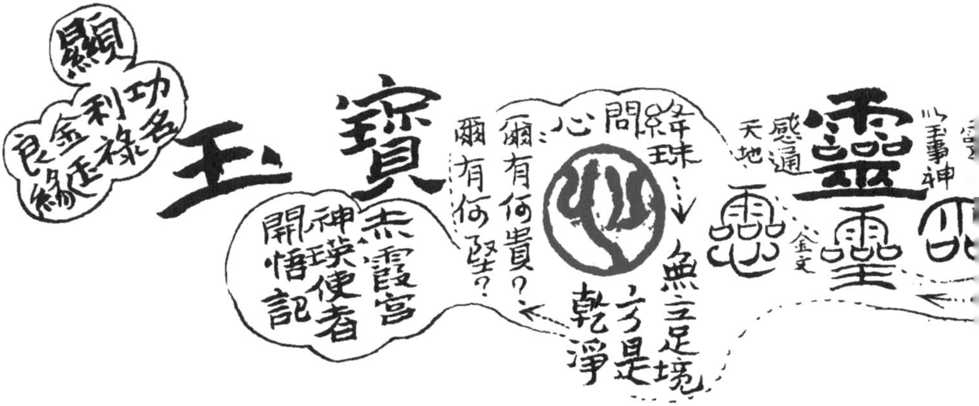

圖檔四 絳珠問心

■ 奚淞：

好，下面我們來看看**圖檔四** **絳珠問心**，這個舞台慢慢要出現了。

這裡給了幾句關鍵語，牽連到寶玉將來會開悟的情節，也等於黛玉向寶玉的這塊通靈寶玉問心說：你的心呢？我最後會談到關於開悟這件事情。

事實上這是在第二十二回中黛玉質問寶玉，也是她給寶玉一些禪宗式的撞擊。黛玉就開門見山地質問他說：「寶玉啊寶玉，寶者珍貴也，你有何貴？玉者，堅強也，你有何堅？」然後又告訴他：「你不要以為你這樣來去可以自在，一直要到把你腳下最後的一塊板子給拆掉，讓你完全無立足境（我這紅豆才算拋完），所謂：『無立足境，方是乾淨』。」

這裡就是「盡心知性」的關鍵。就是說，可不可

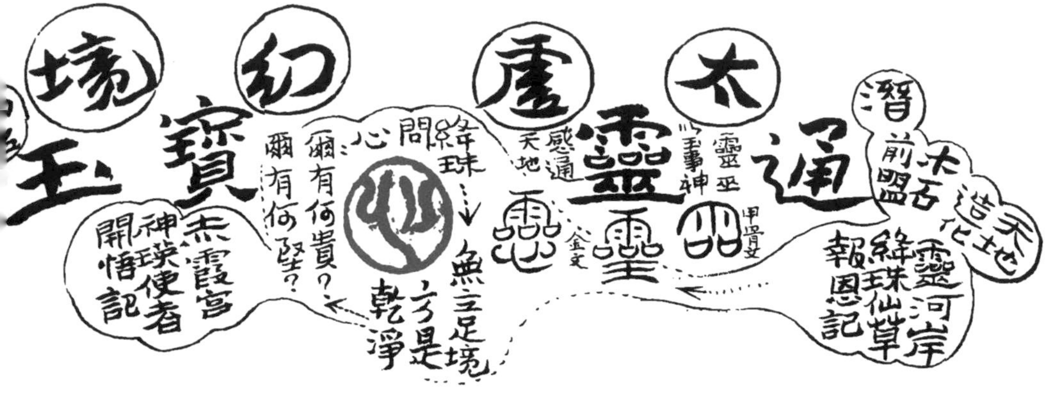

圖檔五 **太虛幻境**

以把你所有的情都能夠「了」，把一個一個的情關都能夠「了解」跟「了結」。此處所謂「無立足境，方是乾淨」——這就影射到了《紅樓夢》結尾「落一片白茫茫大地真乾淨」了。

我們看下一個 **圖檔五** **太虛幻境**，整座舞台的字出來了。「太虛幻境」說明這是一齣夢幻劇。

再看下一張 **圖檔六** **夢幻舞台**，這是一個劇場的周圍——一個圓圈。這個圓不得了，據說早在史前、石器時代的人，便以圓圈示意自己的心。圓形代表最大、無限的滿足，也就是一個曼陀羅（Mandala）。

我第一次去印度的時候，買了一本旅遊手

冊，打開書，它開宗明義說：你到印度去，樣樣事情都要跌破眼鏡，因為那個地方是發明「零」的國度。

一個圓圈、零代表了什麼？據說當零出現的時候，各個文明都會產生震動，數學也產生震動。因為那是一個不得了的符號，它跟佛教「空性」的來源和說法是相通的。

印度宗教思考到「空性」抵達巔峰狀態。我們一般的思考若非「有」即是「無」，可是空性是「既非有也非無、既是有也是無」，就如《心經》所謂「**色不異空、空不異色；色即是空，空即是色……是諸法空相，不生不滅不垢不淨不增不減。**」

佛家對空性的了解，使得我們更進一步界定了生命的現象：生明明是有的，可是卻是一個假有。這個不得了，我們從來沒有想到我們的生命明明存在，卻是一個魔術、一齣戲劇、一場幻夢……

如此介於虛實之間，非常微妙的思考，就是一個Mandala、一個「零」、一個「空性」同時也包含了萬有的領域；便正是佛家所謂的「真空妙有」。

同時劇場的周圍，立了兩旁非常莊嚴的舞台柱子，柱上對聯說明了一切世間現象的本質：「**假作真時真亦假，無為有處有還無。**」

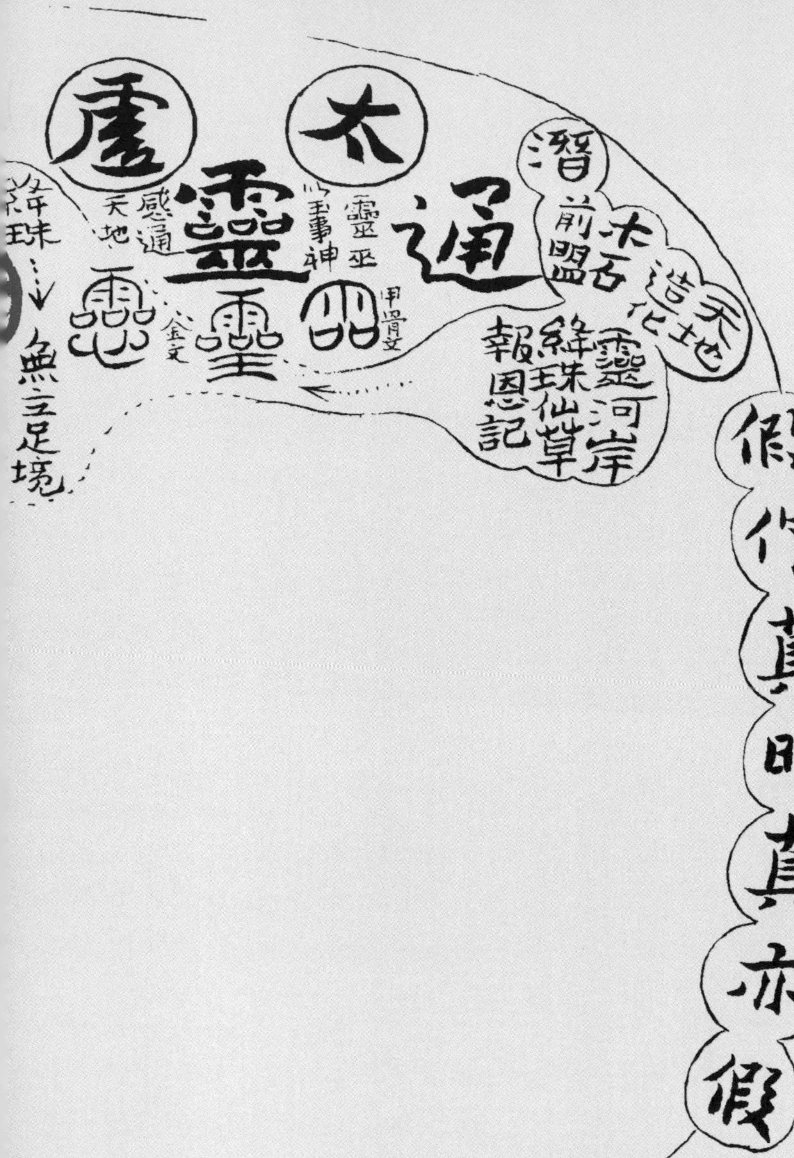

太
虛
潛
前盟
木石
造天
化地
通
靈
靈巫
以玉事神
甲骨文
感通
天地
金文
靈河岸
絳珠仙草
報恩記
絳珠
無立足境
假作真時真亦假

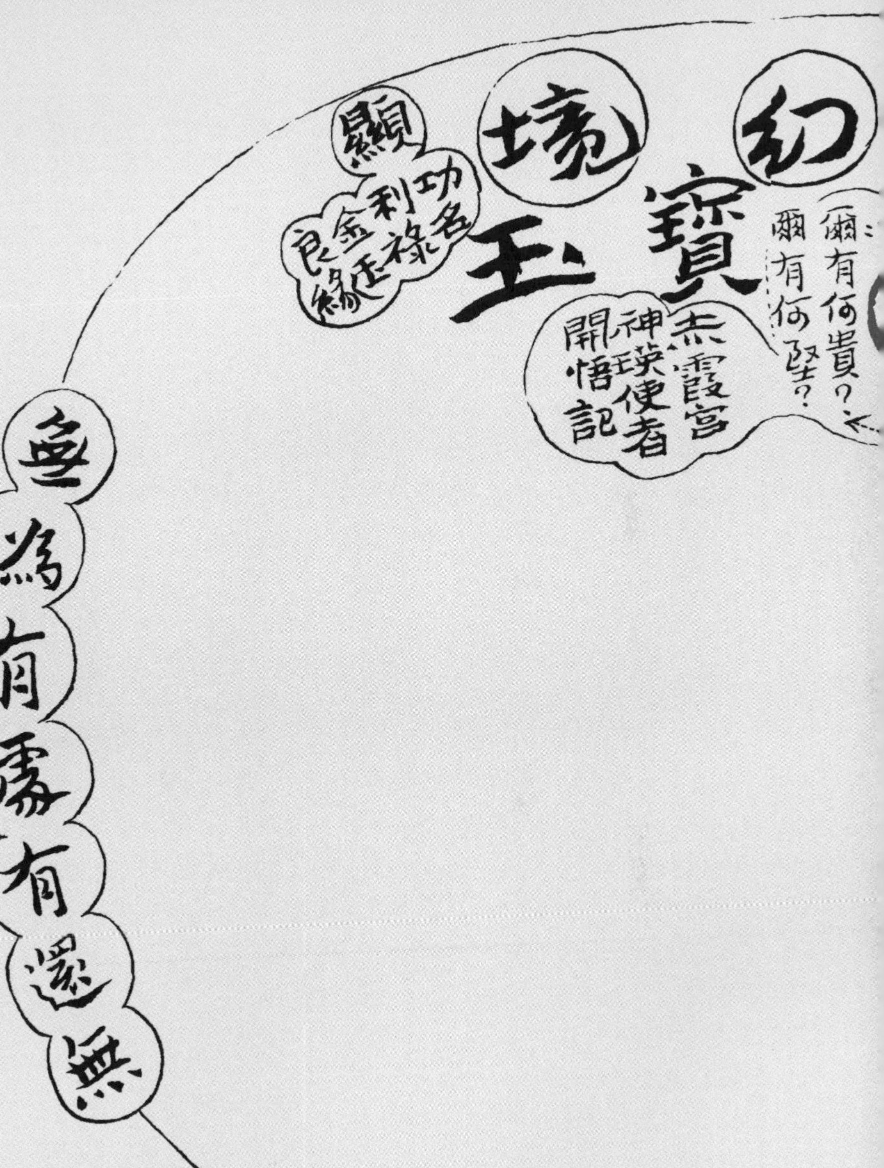

圖檔六 夢幻舞台

開闢鴻濛，誰為情种？
情不知所起，一往而深

好，我們看下一張**圖檔七 夢幻劇場之外**。這個生命舞台外面就是宇宙大爆炸以前的狀況：天地渾沌、宇宙洪荒。且問：宇宙大爆炸以前，世界有沒有東西呢？它有一種不可捉摸的能量在活動，那就是茫茫大士和渺渺真人的世界。此能量創造出生命舞台上絢麗熱鬧的紅樓大戲，待戲終幕落後，又將回歸到子虛烏有的空性當中。

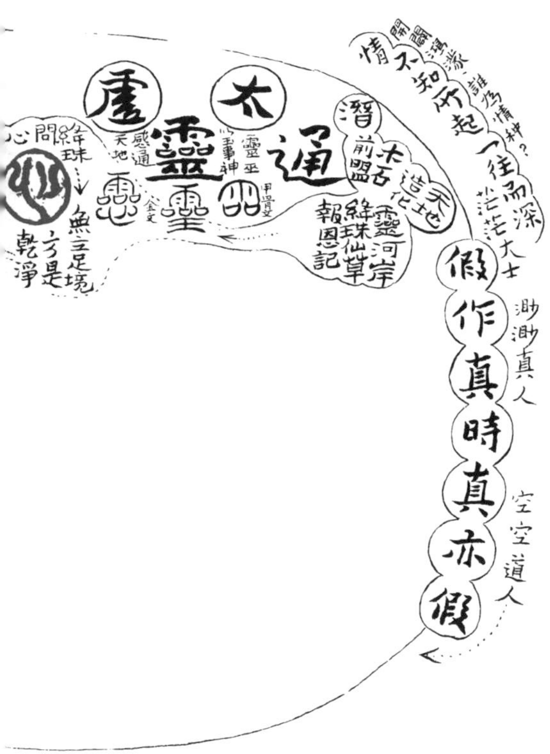

至於整個紅樓夢劇本是由空空道人，藉著通靈寶玉的人世間經歷，帶進世界、又帶出了世界，最後帶到「悼紅軒」（悼輓嫣紅者，豈非正是怡紅院公子）去，交給了曹雪芹。紅樓故事整個結構便是這樣。

這是舞台背後的事情，那旁邊呢？兩邊上方就是來自湯顯祖對人性情愛的說法：右上方是「情不知所起，一往而深」。這個「情」字在《紅樓夢》中就牽連到一堆情鬼的事情了。左上方呢，記寫「情根一點，是無生債」。我們如何能夠從這情根當中，了解到最後可以從孽海走向情（晴）天的通路。

圖檔七 夢幻劇場之外

下一張**圖檔八 真與假**。好，從這個地方起，角色登場。角色姓名便即是文字魔術。從「甄士隱」開始，真相被隱藏了——「真事隱」，這是第一個角色，然後「賈雨村」登場——就是「假語村言」，不過是鄉下人隨便編故事（所謂：滿紙荒唐言）而已。甄（真）士隱出現了，賈（假）雨村出現了，這個真假倒換的世界，就被引進整個賈府大觀園的夢境舞台裡面去。

我們再看喔。從《紅樓夢》開卷第一回開始，出現了遠離大觀園舞台核心、宛如遙遠傳來序曲般的情節。

話說甄士隱見到賈雨村是一個很熱衷於功名、想要去趕考的讀書人，滿欣賞他

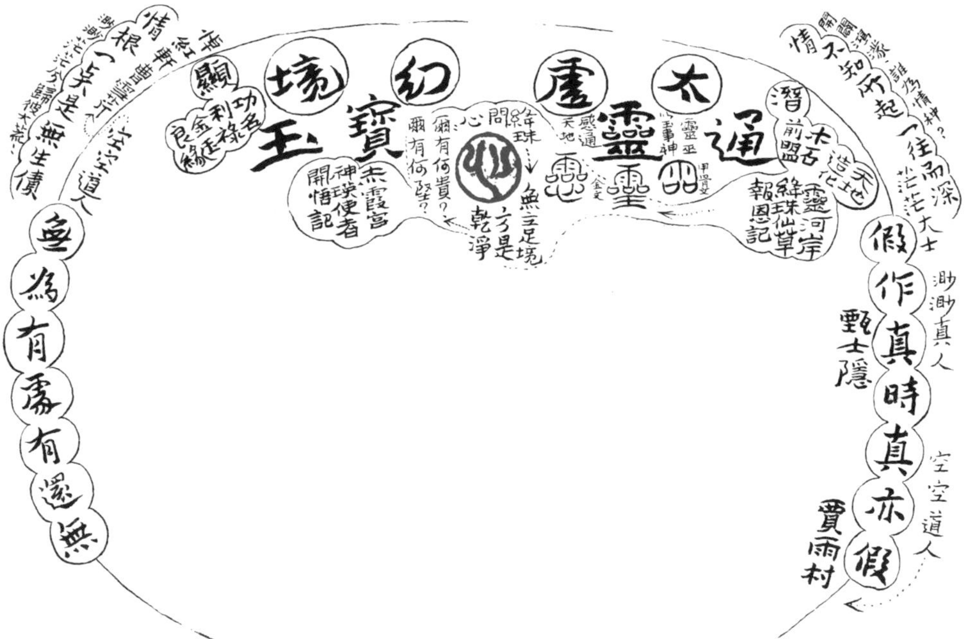

圖檔八 真與假

的。然而這位青年才俊缺乏盤纏去考試。甄士隱原是一個家道不錯、心情淡泊的人，很慷慨地贈予賈雨村一包銀子，讓他可以有盤纏去應考。

圖檔九 顯與潛。我在此處分別為賈雨村和甄士隱兩人註上「顯」跟「潛」兩個字。一個是在心理學上屬於顯意識的，賈雨村是一個現實世間人。他追求功名利祿，經歷世間明顯高低升沉的生涯。

那另外一個呢，甄士隱家道不錯，本可以做一個過太平日子的員外；但世事無常，人生不如意十之八九。我們身邊的事情何嘗不是如此？

他年紀比較大了，才得了一個可愛的女

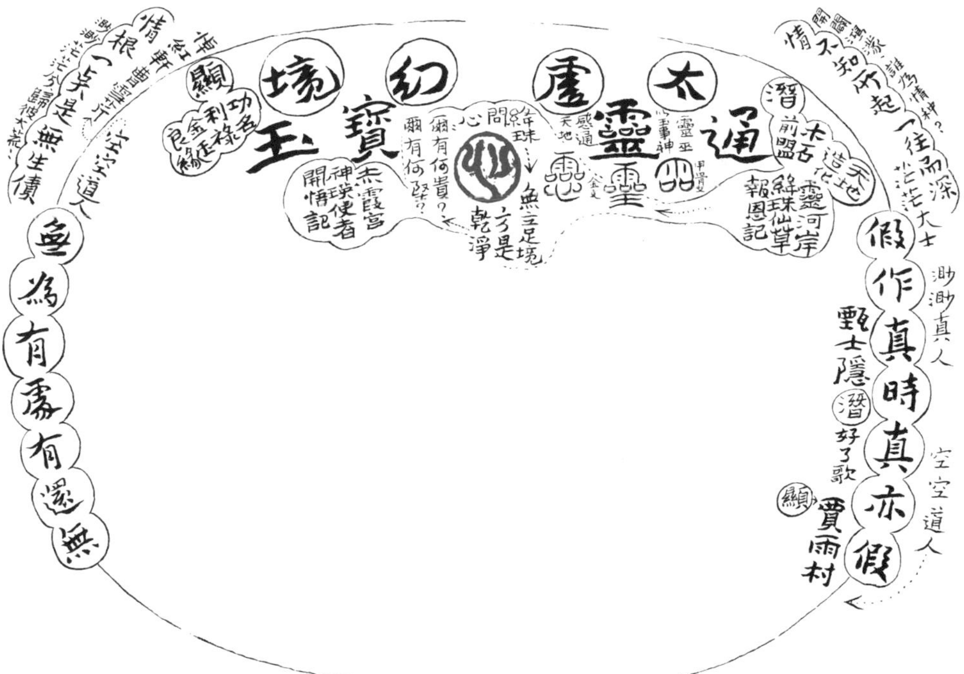

圖檔九 顯與潛

兒（這個女兒等下我要大大地講她，很重要）。他擁有掌上明珠，覺得生命美好。那日他抱女兒到外面去看風景，吹風曬太陽，逗逗小女兒。沒想到街上遇見走來一對瘋瘋癲癲的和尚和道士；要注意喔，是那個癲頭和尚見到這個叫做英蓮的三歲小女兒竟然就哭了。

圖檔十 **英蓮登場**。癲頭和尚道：「你抱著這個有命無運、累及爹娘的孩子做什麼呀？」又說：「不如捨了給我罷！」

話講得很重，甄士隱當然聽了覺得太怪了：這是瘋子說瘋話嘛！所以趕快就抱著女兒走了。

沒想到過不多久，到了元宵佳節，家裡有個名叫霍啟（禍起）的家丁，抱了英蓮去看社火花燈。他也沒有惡意，就只是把小孩子放在人家門檻上坐著，自己去小解片刻，待他再回來，才發現英蓮不見了。哇，被拐子拐走了，遍尋不著，嚇得霍啟自己也不敢回家見主人，逃往他鄉去了。

英蓮從此被拐子拐走，確實是一個有命無運、非常特殊的人物。因為她是整部《紅樓夢》第一位登場的女性角色，不免要引起讀者追問：作者寫英蓮的用意何在？

英蓮走失，甄士隱本來家裡已經夠慘的了。可是禍不單行，甄家附近有一處叫做葫蘆廟的所在，廚房裡炒菜油煙起火，一條街立即燒得跟火焰山一樣，甄家所有的家產就此蕩然。

世上有沒有這樣的事啊？是有的。所以呢，災禍發生了，以後該怎麼辦？就連兩老都沒有辦法活下去啊。幸虧太太娘家在鄉下有一點田產，所以就跑到鄉下去暫時躲躲。可是因為你沒錢、沒勢力了，岳丈家愛理你嗎、會給你零用錢嗎？看你討厭不討厭啊？愈看愈討厭！

所以呢，甄士隱就現出一副貧病交迫、露出要下世的樣子。正在快要沒命的時

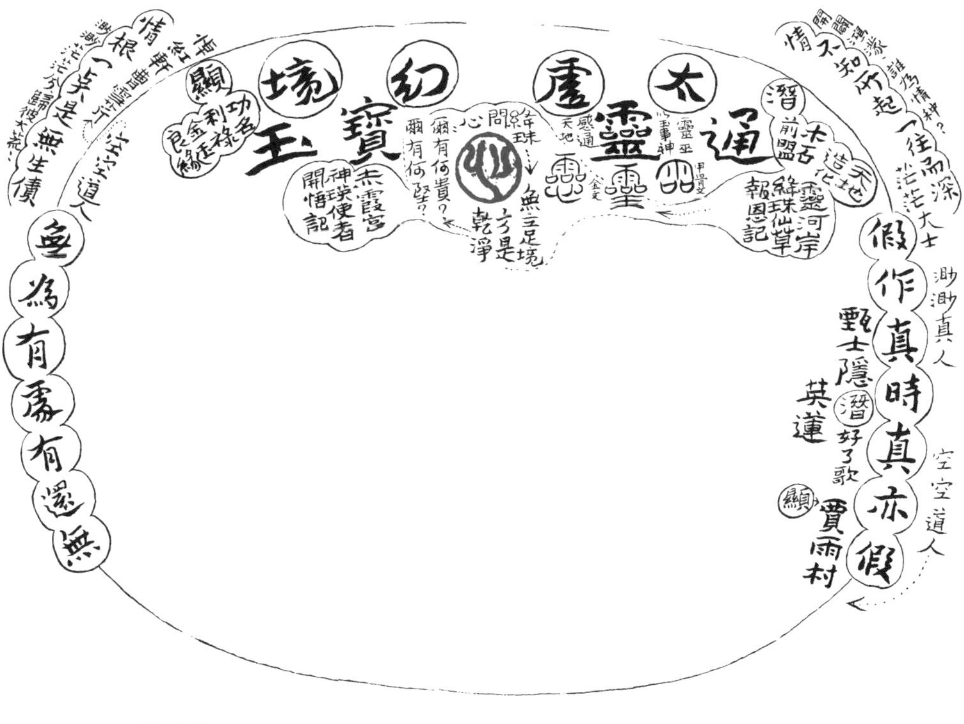

圖檔十 英蓮登場

候、那日他拄了拐杖掙扎到街上，眼前來了個瘋狂落拓、麻鞋鶉衣的道士。那這回你注意喔，來的只是一個道士，而且是跛足的；是不是李鐵拐？不曉得，他是跛足的。

來到眼前的這個道士吟唱〈好了歌〉，意思是說：「萬事若是要好，就是要了；若是不了，就是不好。」

《紅樓夢》中的〈好了歌〉，以及甄士隱聽完歌後所加的注解，寫得非常之好，不只成了整部小說序曲、包裹了紅樓賈府經歷的繁華興衰；更俯瞰一切人間世相，皆如一場場連綿上演的夢幻劇。

以前我年輕的時候讀《紅樓夢》，看就覺得所謂「好了」，以為就是要把人情世事全都拋棄，你就可以清淨、解脫了。

現在活到老，我才明白原來一切事情要好，就是要「了解」啊。你要經歷過了種種事情，才有可能漸漸超越世間現象（Appearance），以智慧了解其中潛藏的真相（Reality）。

如同《心經》中觀自在菩薩的「觀」、修這個「了」字，就是你能了解、能了結，對事物生起了了分明而又不了了之的智慧，這才叫做「好了」。如此，能觀而得大自在，才叫做度一切苦厄的觀自在菩薩。

甄士隱聆聽〈好了歌〉如雷貫耳，立即回贈以詩詞注解，表現出他的徹悟；然後就隨道人一同翩然走了，這事蹟成為地方上一段奇談佳話，為大家所傳說。這也就罷了，因為這就把甄士隱引度到茫茫人世，變成一個地仙——道家行走在人間的仙長。至於說到那一位元宵節失蹤的小女孩英蓮，就更有意思了。

我們且來看看這一位奇妙的角色——甄英蓮。

自從一九八六年我為白先勇整理過「賈寶玉的俗緣」那篇演講後，就意會到紅樓中凡是姓名跟「蓮」有關的角色，都不可以小看；從蔣玉菡（菡、佛家亦云蓮）到柳湘蓮，原來都與《紅樓夢》中的佛緣結構相關。

關於英蓮，一般注釋都講說因為她命太苦，「應該可憐」她，所以作者為她取名英蓮。我說不然，所謂英蓮是「應該化蓮」才對。

這個「應該化蓮」的外圍角色，幾乎沒有多少讀者會特別注意到她。她在冥冥中穿梭包圍整座紅樓舞台，成為照亮了舞台的光，可是你根本不會注意那個光是從哪裡來的。

她長得美麗，從沒有出過一句惡言；從悲劇中悄沒聲響的走過，並不引起他人的太多注意。

我們來看看在《紅樓夢》諸多品評中，是脂硯齋提出了一種文學筆法的形容，我覺得非常好，叫做「草蛇灰線」。

所謂「草蛇灰線」，就是指蛇從茂密草叢裡跑過去的時候，你是看不見牠的，可是因為牠剛剛才壓過了茂草，多少你會看到一點點痕跡線索，就知道：哎唷，牠從這裡經過了。至於說到那個「灰線」呢，就像是你拿了一根沾白灰的線去撢布料。以前裁縫師做衣服的時候，在布匹上撢灰線以方便剪裁。那個灰線很淡的，輕輕再拍拂一下也就不見了。

「草蛇灰線」是了不起的文學手法。我們現在就來看一看，以英蓮作為溜過草叢的草蛇，在圖檔上用虛線「……」作為繞經整座紅樓夢舞台的草蛇灰線蹤跡。

圖檔十一　草蛇灰線說英蓮，或得以能辨別作者的特殊用心。現在但看見這個以虛線所代表的蛇跑過去了，待她再出現時已是第七回中：周瑞家眼中所看到的香菱。

無端的由英蓮而成為香菱，其實隱藏了一段由他人轉述的故事。當年被拐子拐去以後，被養到十三、四歲的英蓮出落得非常美麗，被一個馮公子看上，準備出價買了她去。馮公子性情不壞，也算知書達禮。香菱若被馮公子買去，本也可算是交了好運，過上好日子。

可是這個拐子很壞，他一女二賣，喝了酒以後把她又賣給了另一個人，賣給誰啊？便是賣給後來在紅樓舞台登場的獃霸王薛蟠。

好了，薛蟠從拐子那兒見到英蓮也覺得很好。薛蟠是男的女的都愛的，他看到這個喜歡立刻就買下來了，他有錢嘛。可是這一女二賣又怎麼辦呢？

等到馮公子要去接英蓮的時候，薛蟠獃霸王居然率著家丁，把這個馮公子、可憐的文弱書生給打死了。本來英蓮可

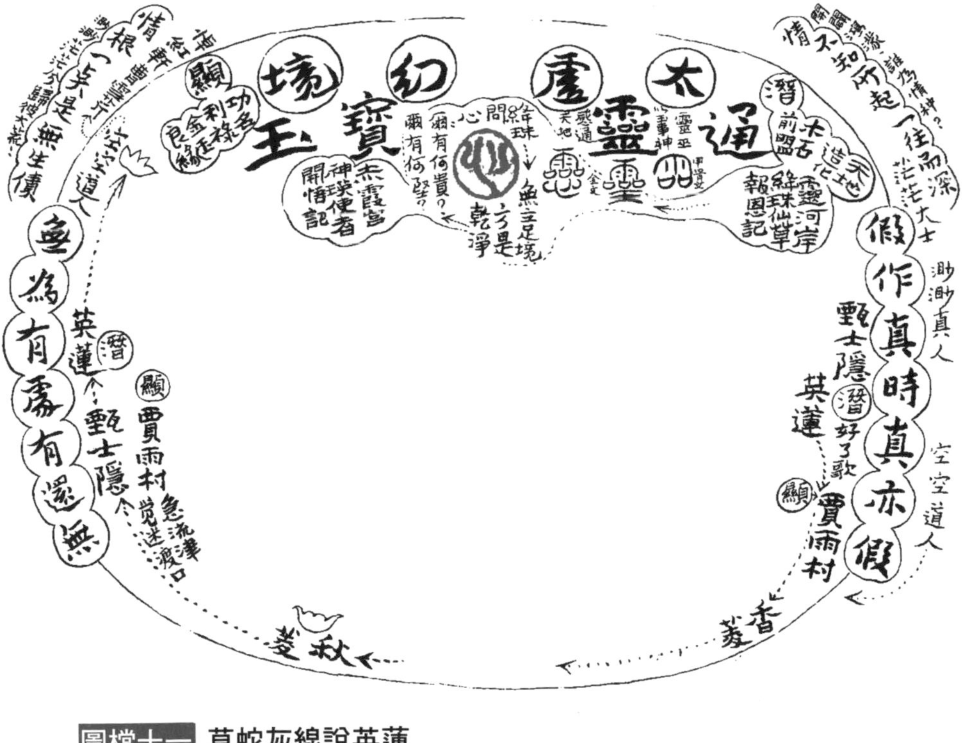

圖檔十一 草蛇灰線說英蓮

以享有一點好命、可能做一個好人家太太的，可是卻被獃霸王買回去變成丫鬟。丫鬟也等於是侍妾呀。這件打殺人命的官司鬧到應天府衙門賈雨村處。

此時的賈雨村已經做官了。聽說這個官司有人打死人，這還得了，立刻準備下令拘拿兇手。可是手下門子向他咬耳朵說：這個薛蟠不能抓，因為「豐年好大雪（薛）」的那個薛家，勢力了不得。你若捉他，將來官宦的前途就都全完了。

你看賈雨村明明知道案涉英蓮，原是大恩人甄士隱的女兒、掌上明珠，可是為了他自己的功名起見，不得不扭曲案情和判決，讓薛蟠脫罪並用錢擺平馮家的訴案。英蓮從此變成跟隨薛蟠的一個丫鬟兼侍妾。

英蓮進了薛家以後，第一件事情是改名字。倒也可憐，以前大戶人家裡請了個傭人總喜歡說：我叫你這個名字可好？於是就給她換個名字。

是薛寶釵為她換了名字。於是就從英蓮變成香菱，她就格外的隱形了。她不再是「蓮」了，她是「菱」。但注釋《紅樓》的人們仍然以為菱蓮無異，菱就是蓮、可菱可蓮都是可憐。菱與蓮同生一個池塘，它的根潛下去是跟蓮根連結在一起的（「根並荷花一莖香」——第五回）。

很有意思，香菱這尾「草蛇」就此潛入賈府，默默隱身於紅男綠女、奼紫嫣紅之間，便就是看不見的「灰線」了。

紅樓劇場大戲發展到八十回，薛蟠又在外面弄來了一個夏金桂，這金桂大概相貌不錯，不然不會娶來當正房老婆。個性潑辣的金桂看到香菱很討厭，甚至覺得她名字取得不好。金桂說：這個菱哪裡會有什麼香味呢？怎麼會叫做香菱，菱是不香的呀。

此時該聽聽香菱的說法，她說：世界上所有植物都有它自身香味；只要仔細體會，它們都是有香味的。

可是呢，金桂說「不通不通不通」，就給她改名「秋菱」。秋菱也好，她終究會變成了秋天成熟的菱角。

等一下我們一定要來看看，秋菱是怎麼從草蛇灰線的沉埋中發展成熟的；而整座紅樓夢的舞台光，就快要現形、明亮起來了。

我們看下一個**圖檔十二 草蛇灰線穿越水月篇**，好。這個段落，相關於英蓮（香菱、秋菱）角色的明亮現身，我們可以稱之為「水月篇」，而整部《紅樓夢》也可以佛語「鏡花水月」作象徵。

話說第四十七回中獃霸王薛蟠居然敢調戲柳湘蓮，結果被冷郎君柳湘蓮誘拐到荒郊野外，揍了個鼻青臉腫狗吃屎。獃霸王一時無臉回賈府，就藉一件做生意的機會，跑到異地去隱藏一段時間，等到鼻青臉腫好了再回家。

劇情發展到這裡，香菱終於得到一線可以透氣的空隙。由於薛蟠不在家，香菱被派去服侍寶釵。

很有意思的是香菱搬進園子裡，見賈府裡面有詩社都是姑娘們參加的，就想向寶釵請教如何作詩。在紅樓角色中，寶釵相當於儒家走向腐朽、形式化的世界中的一員。雖然她讀書多，也作一手好詩，但或不免心想：一個姑娘家幹麼急著學作詩，不如緩一緩的好。沒想到這一緩，竟湊合了香菱向黛玉學作詩的因緣。

這下子可不得了！要知道絳珠教英蓮（香菱），英蓮的特徵是什麼？她眉心有一顆米粒大的胭脂痣——紅痣，這可是紅豆遇上紅豆，不得了！

說到這裡，且把從四十八回到四十九回香菱學作詩的精采段落暫時按下不表，先多費一點工夫講這個紅豆了，因為這裡進入到不斷延展、屬於紅的世界。

你看當初賈寶玉在做神瑛侍者時，便住在紅色的赤霞宮中；而後在大觀園裡，他住的園子叫怡紅院，而絳珠和胭脂痣都是觸目鮮明的紅色標識。乃至於第七十七回中偷偷去探望被逐出園子而重病的晴雯，跟晴雯生死離別的時候，晴雯拚了命把一個紅色的肚兜掏給他，這一連串的紅，是《紅樓夢》書本裡潛在的生命力跟情愛的信仰。好，我現在想要探究從孽海升向情天、由小我私愛述及無限量大悲心之前，在這裡先做一點屬於佛教概念的補充。

關於紅樓夢神話架構中相關於佛教的問題，可以溯及曹雪芹寫作時代環境，以及他的家世。雍正、乾隆之際，北京有一座雍和宮，是屬於藏傳佛教的喇嘛

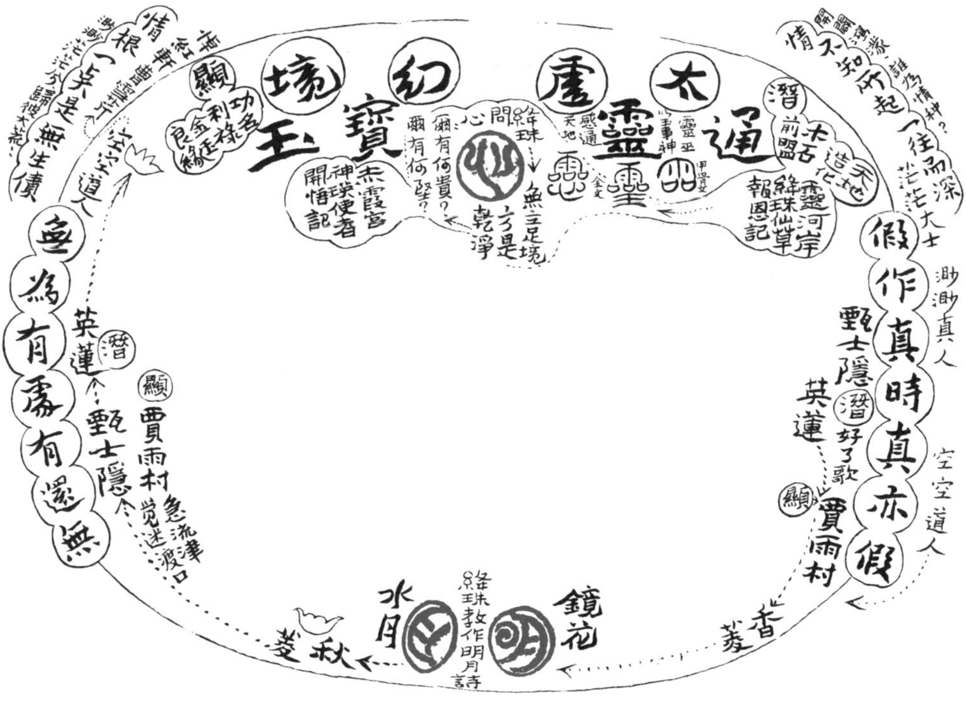

圖檔十二 草蛇灰線穿越水月篇

寺院；這也是雍正即帝位以前的住宅。

藏傳佛教於元代進入中國，在清代達到鼎盛。在這裡我先倒過來講《紅樓夢》。談一點有關印度佛教基本禮節，或許對在座各位都很有意義。

整部《紅樓夢》結尾場景，對我來講就是「落得一片白茫茫大地真乾淨」。江邊雪地，賈寶玉光頭赤足，披大紅猩猩斗篷，雪地裡倒身伏地四拜。

從印度傳統色彩學概念來看，紅色由淺紅、橙紅到深紅，代表了戀愛、熱忱以及慈悲大愛的層次。賈寶玉的拜倒，在銀白大地上，這伏地如血痕般的殷紅就非常觸目了。

最後別忘了，賈寶玉在拜後，還行了一個問訊禮。這個問訊如果是雙掌合十問訊，也就包含整個印度宗教思想內涵。合十禮通貫於婆羅門教、印度教、佛教乃至於一般世俗禮儀。開展到今天它甚至流行全世界，可是人們未必都知道雙掌當胸合十的意義。

這個手勢就像一個花苞，或可以說：這朵花象徵了人人都具有的、一朵心裡的蓮花。蓮花品性高潔，出淤泥而不染。其花苞又與一般花蕾不同，當它還沒有綻放前，它的種子——幼嫩蓮蓬就已經藏在裡面了。待花落蓮熟，就是本具佛性開顯的時刻。請繼續注意，此合十之蓮的象徵性，與英蓮（應當化蓮）角色的發展。

合十禮以雙掌對合，作蓮花花苞狀，這很重要，此對立的合一叫做「不二法門」，超越了世間一切相對現象，達成和諧。

在印度習俗裡，左手可以弄髒，碰觸汙穢的東西；右手必須保持乾淨，因為它是要拿來抓食物用的。所以左手是代表世俗、現實的世界，就或如同薛寶釵所贊同的那個功名利祿的現實世界。右手則代表超越自私的靈性世界，也可以說是一個大我，包含了心性的全體。

印度的合十禮中，以左、右手合掌，由世俗小我跟完整的心靈合一，就變成發自心裡的一個問訊。問訊是什麼？是我在問候你啊。印度人行合十禮，口說「Namaste」，其意義可以是：我心中的佛（神、靈性）向你心中的佛（神、靈性）問候。

誰是佛啊？如果在《法華經》裡面，就有一位名叫常不輕的菩薩，見人便行禮，口說：「啊！我不敢輕慢你，你是佛啊，我尊敬你！」

如果你逢人便稱他是佛，你是會挨揍的，人家說你神經病，常不輕菩薩便就如此挨揍。那是《法華經》裡的故事。

今天合十禮已經流行世界。且讓我現在向大家合十說一聲「Namaste——我心中的神

（佛），向你心中的神（佛）致意」，這是一個連結，當我此時在講堂上這樣向你們大家合十致意的時候，我需要一一的去握你們的手嗎？我需要像法國人一樣一一去親你們兩頰嗎？那如果我要親吻你們全部，最後我只好昏過去了。可是我卻可以只要用一次的合十向你們全體致意問候就好，多麼莊重又輕省。

而這個合十的雙手放在什麼位置呢？胸前。其實到了後期佛教瑜伽行派，胸前就代表了一處祕密所在、不可知的地方，那就是你的心輪。

禮敬的手按對象位階升高，由心輪向上升，抵達喉部，便是可以發之為語言的口部。再升高，抵達眉心，便是「第三眼——天眼」，可以穿透幻象，觀照真相的神通之眼。紅樓劇場角色中，誰有天眼？再想想，香菱（英蓮）眉心的那粒胭脂痣，不正是在說明天眼嗎？

香菱承接了天眼，她是菩薩。當然，在小說中她只是林黛玉（絳珠仙子）一念情動所牽連下凡的情鬼中的一個。而這一個情鬼無論就天眼特徵和性格都接近於觀世音菩薩，因為她真正進入到一個有命無運的人的身上，悄然完成了苦難中的度化。

你知道《妙法蓮華經——觀世音菩薩普門品》裡說到觀世音菩薩（唐玄奘法師又譯

作觀自在菩薩）度化一切眾生苦厄的方法是什麼嗎？如果當你是一個可憐的人、是一個乞丐，菩薩不會變成大富翁來布施你，祂會變成一個乞丐的身分，來救助你，讓你從苦迫幽仄處得以翻轉。

菩薩不是處身於高處來憐憫你，而是與你站在平等地位、以同情或可稱之為同理心而加以濟助。

譬如說當我靈感不來、畫不出畫來的時候，若有人出現，也處在畫不出畫的苦悶中，然後當他開始啟發我的時候，他就是觀音菩薩了。那麼既然他已經變成我的樣貌，那我又是誰呢？原來我就是我自己的觀世音菩薩，我的心就翻轉了。所以每個人都是在當下自在的「觀」中，此處即是觀自在菩薩現身處，足以成為外在變幻萬千現象的救度。

如此《紅樓夢》中的香菱，可以以天眼進入人間最可憐（所謂「有命無運」）的處境，而不出一句怨言。

就佛學而言，如果你的業力如此、無法抗衡；如果你有命無運，就只得無運。可是有一項要義，是佛陀講的。祂說：你身體的苦，我沒有辦法幫你承受；可是我可以教你心不苦的要訣，所以你內在的心裡苦不苦，可以由你自己主宰。

你外在遭遇可能很倒楣，如秋菱般挨打或受斥責，你可能會悲痛、流淚，然而你的心卻可以停止造作苦，甚至反而可能是平靜的，這一點非常微妙。這個時候人但有一點點機會，就有選擇權。

按照神學者看法，我的朋友、一位加拿大神父曾經對我說：「上帝發給你一副牌，怎麼玩端看你自己。」香菱她會玩這副牌。她一看到薛蟠不在家，她就想去詩社，她央薛寶釵教她作詩，薛寶釵一時不肯教她，她就找黛玉。

這下子，當紅豆遇上紅豆，可不得了。你看黛玉平常是何等刁鑽、不隨和的人，一心但專注在愛情上而已；她怎麼會這麼大方，立刻與香菱一見如故、就教起她作詩來呢？從教如何讀詩開始，而且一教再教。這齣戲就此進入微妙處，而香菱（英蓮）角色的潛質，也就藉著詩文一句句疊現，化為照亮整座夢幻舞台的柔光。

那我們現在來看第四十八回，黛玉教香菱讀詩。這一回「慕雅女雅集苦吟詩」的段落，可說是曹雪芹文學巨著中的「詩論」，直可以編入國文教材中，供學子學習賞讀、作詩。

黛玉對香菱說：那些雜七雜八的詩就不要讀了，你先讀王維的詩吧；並且要她先讀黛玉自己打上紅圈圈的。王維，詩佛耶！黛玉一起手便教香菱入詩佛之詩，顯然認出香菱有非常高的悟性。而香菱才只讀到幾個簡單的句子，就已感動到不能自已。她說：有些詩句中的字不知道是怎麼用的，有口裡說不出的意思。就像嘴巴裡放了千斤重的橄欖，無法形容那個味道。這便也是超越一切現象、以及文藝之美，進入生命真相之不可思議處了。

香菱特別舉了王維〈輞川閒居贈裴秀才迪〉詩中的這一句：「**渡頭餘落日，墟里上孤煙**」，見**圖檔十三 王維詩句**。

你看她真的是有慧眼，她說：這個「餘」字跟這個「上」字不曉得詩人是怎麼想出來的。一般我們讀到這首詩也都不會感覺得到，在如此平淡風景中，潛藏的人生況味；「餘」與「上」兩字，一個是向下潛沉、淪沒的，一個是向上昇華、超越的。

且聽香菱道來，她說：我一讀便喚醒心中記憶。她說：那一年我們坐船上京來，我們停泊在一個渡頭上。那裡很荒涼，只有幾棵孤樹而已。天已經快要黑了，可是遠遠的可以看到幾戶人家冒出炊煙，碧青的炊煙升上天去……

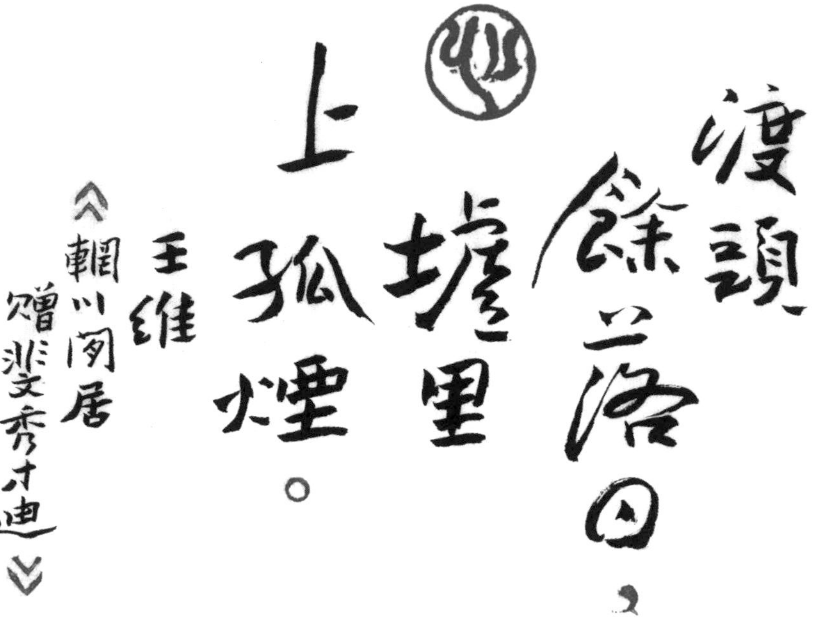
渡頭餘落日，
墟里上孤煙。
王維
《輞川閒居贈裴秀才迪》

圖檔十三 王維詩句

香菱以詩境追憶往昔，令我覺得很感動，同時也讓我想起一些過去讀過的心理學著作。淡雅的詩句有涵天蓋地的寬容，能夠點染出其實可能是愁慘的情境，譬如一位身世飄零、可憐的被買去的丫頭，黃昏時分可能還餓著肚子，行船到了陌生渡頭，也沒有地方可供投宿，眼前只有幾棵枯樹，前不著村後不著店，可是遠遠的看到有人家煮晚餐的炊煙裊裊上升，好像是食物、好像是生命的召喚……

藉著這份感動，我們來看 **圖檔十四** **佛洛伊德、榮格、弗蘭克**：百年來的三位西方心理學家。

佛法的心理學長達兩千五百年，西方成立心理學才一百多年。但我們還是可以注意，現代心理學如何用現代語彙啟開心靈重重深入的層次，帶給我們嶄新的啟發。

第一位，佛洛伊德（Sigmund Freud 奧地利 **1856-1939**）於十九世紀中葉開啟了近代心理學。他說人受性心理的潛在影響非常大，所以非常重視性心理學；其實我們《紅樓夢》中糾葛纏綿的情愛也是。

他提出「潛意識」的概念，就像是在指涉紅樓夢神話架構中「孽海情天」、孽海當中潛在的東西。

西格斯蒙德・佛洛伊德
Sigismund Schlomo Freud
1856-1939

關於人類的不可測知那麼廣大的本能、也即是宇宙心靈的本能，佛洛伊德只是輕輕的碰觸其淺層而已。就譬如你小時候如果無辜被父親打了一記耳光，其羞辱在心中留下深刻印記。雖然事情早已過去，痛苦早已消失，但是日後遇到類似的情境，這情緒還會浮現，左右你的行為。這潛在心裡的情結叫做「潛意識」。

佛洛伊德有一個學生本來非常崇拜他，就是卡爾・榮格（Carl Jung 瑞士 1875-1961）。比佛洛伊德晚上二十年，榮格發展出了一個新詞彙，希望大家注意一下。

榮格開始覺得潛意識絕對沒有這麼簡單，絕對不是一個個人受挫、或者是某些影響造成的，潛意識底下有更深的層次，它包含生命億萬年演化、奮鬥求存的所有經驗都潛藏在這裡面，叫做「集體潛意識」。榮格認為一個民族的文明如果沒有辦法跟集體潛意識溝通的話，那這個文明非常淺薄、非常危險，會變成惡魔式的文明。

人活著卻不能了解我們的本能，甚至也不能了解「情」是什麼。這就好像好萊塢的夢工廠可以無休止地拍攝八萬四千部愛情電影，每當演到愛情發作的時候並沒有理由可以講，只有這樣發作了，沒有別的法子。

可是中國人如湯顯祖會追問，何以「情不知其所起」？又如何藉著情的牽引去領悟無限深廣心性大海（孽海）的奧祕？

榮格講：唯有依賴夢與神話可以有辦法讓你進入集體潛意識深處。而《紅樓夢》作者也在第一回開場中特別提醒讀者要注意「夢」這個字；同時也運用綿密多重的神話結構包裹了整部文學作品。

卡爾・古斯塔夫・榮格
Carl Gustav Jung
1875-1961

第三個心理學家，《紅樓夢》裡的香菱讓我想到創造「意義療法」的維克多・弗蘭克（Viktor Frankl 奧地利 1905-1997），這個人又晚生二十年，所以在近代心理學上又有新的推展，我跟他心有戚戚焉。

弗蘭克出生於維也納，一個不是很有錢的

維克多・弗蘭克
Viktor Emil Frankl
1905-1997

猶太家庭。他奮鬥求學成為醫生。不幸時逢二次世界大戰，納粹黨徒把他及他所有親戚抓起來，送進集中營。一直要等到他出集中營的時候，才知道他的妻子及父母親全都死在裡面。至於他為什麼能夠活下來，可能是因為他是醫生，在集中營裡還有點用的關係。

戰後出來的他有很大的覺悟。集中營淒慘生涯讓他對心理學有更深的洞見。這洞見不限於潛意識或集體潛意識，而是他看到人如何在極限狀態，仍能堅持對生命意義的追尋。

他舉了一個例子，當時集中營的狀況齷齪慘澹，裡面囚禁許多原本有錢、有地位的猶太家庭，他們在裡面卻過著乞丐罪犯也不如的生活。

一天黃昏，弗蘭克走過營房，看到一位他認識的少女——曾經是富家女子。弗蘭克見她孤身坐在營房外、牆角地上，便踅過去跟她說上幾句話。黃昏時分，那女孩對他說出讓他一生難忘的話。那女孩說：「感謝命運，如果不是這麼淒慘的遭遇，使我脫離過去養尊處優的生活，我怎麼能夠體會到這麼壯麗的大自然。」因為她就在命運偪促困厄到了極點的時候，看到落日的輝煌，因而滿心都是對大自然和生命奇蹟的感恩。這位猶太少女的感悟，便也類似於香菱之感動於「**渡頭餘落日，墟里上孤煙**」詩句場景。

從集中營經驗，弗蘭克得到很大的啟發，他創造出心理學的「意義療法」。也即是無論如何，在生命裡，不管上帝發什麼牌給你，你都可以找出自己存在的意義和價值。舉例來說，有一個年老的鰥夫來找他進行心理治療。這位先生說他跟太太相愛一輩子，但自從太太去世後，他覺得完全無法活下去。

怎麼辦呢？太太已經死了，沒有人可以讓她活轉回來。弗蘭克想一想，然後說：「你很愛她，對吧；她也很愛你，是吧。那如果是在這樣你們互相相愛的情況底下，你覺得誰先死比較好？」

老先生聞言後呆了，沉默許久後答道：「我明白了，還是她先死比較好。」

原來，在潛意識底下藏有一個神祕的東西叫做 spirit——靈性（別忘了紅樓夢裡的主角戴了「通靈寶玉」）。就在生物演進而產生的潛意識之海中有類似宗教所謂的「靈」

潛伏，那就是你可以找到生命意義的地方；那叫做 spirit unconscious——靈性潛意識，它不可知、但卻是屬靈的。這個東西很了不起，可以讓人「**行到水窮處，坐看雲起時**」（王維〈終南別業〉），找到生命的真諦。

心理學開展到這裡，或可以用來檢視《紅樓夢》中香菱角色的處境。

讓我們回到《紅樓夢》第四十八回至第四十九回，香菱在大觀園裡學作詩的情節。話說香菱作出第一首詩，大家批評覺得不夠好。於是她又作第二首，大家又來批評這、批評那的……園子裡青春正盛，只有一個少男，都是姑娘們七嘴八舌的各種講法。香菱就像中了魔一樣，除了詩以外，不注意其他事物，完全沉湎在文藝熱情中，最後作出這首大家都讚賞了的詩。**圖檔十五** **香菱作明月詩**：

精華欲掩料應難，影自娟娟魄自寒。
一片砧敲千里白，半輪雞唱五更殘。
綠簑江上秋聞笛，紅袖樓頭夜倚欄。
博得嫦娥應自問，何緣不使永團圓。

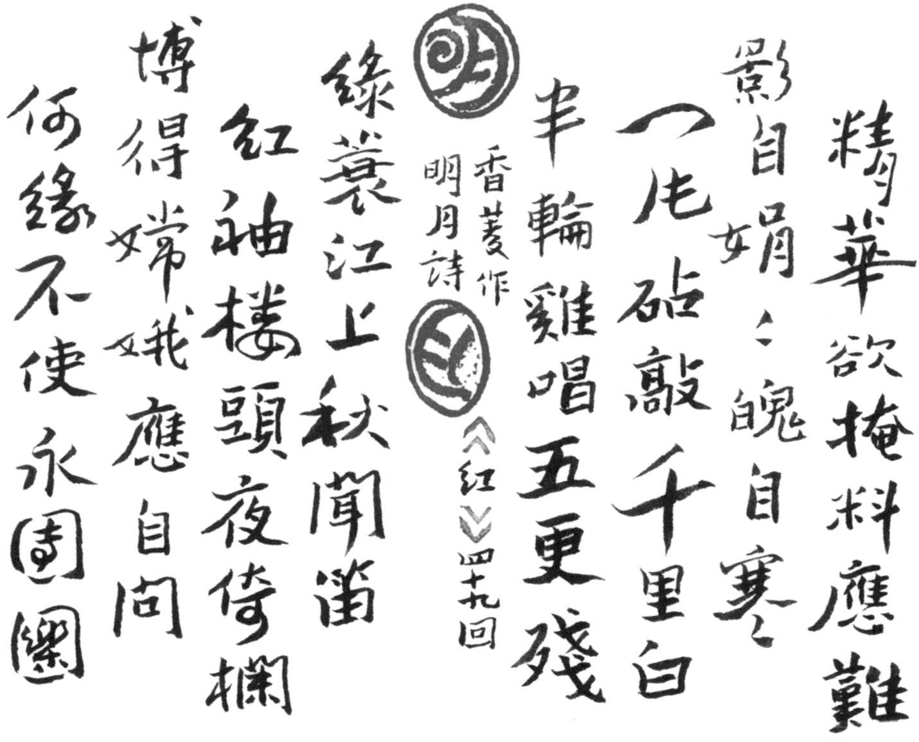
精華欲掩料應難
影自娟娟魄自寒
一片砧敲千里白
半輪雞唱五更殘
香菱作明月詩
《紅》四十九回
綠蓑江上秋聞笛
紅袖樓頭夜倚欄
博得嫦娥應自問
何緣不使永團圓

圖檔十五 香菱作明月詩

我覺得這是整齣紅樓夢大戲的舞台光，便就是明月之光。「精華欲掩料應難，影自娟娟魄自寒。」這種心性的光輝，及靈魂的精華，不是熱情及占有，而是一種清涼的、情與美的撫慰；雖然一時可能受到雲霧遮掩，終究不會長久被障礙。

關於月之象徵，我等一下會多講一些。久居美國的老友先勇曾跟我笑說：美國人是不懂月亮的，美國人只會脫得赤精大條的曬太陽，從來月光只有他一個人在看。

確實明月跟中國詩人有特別的緣分，就像香菱詩中第三、四句，她把明月光帶入世間風景，晚上也有不睡覺、深夜在江邊洗衣服的婦人，她們是拿木棒打擊浸水衣物，藉以清淨一切汙穢。

靜夜裡敲打的聲音，本身就是一片瑩白、一片潔淨：「一片砧敲千里白，半輪雞唱五更殘。」

月色西斜，漸漸明月就要西沉。此處的詩意，令人追憶起盛唐張若虛的〈春江花月夜〉長詩的末尾：「**不知乘月幾人歸，落月搖情滿江樹。**」

各位如果愛好文學，請千萬不要忘了反覆重讀張若虛〈春江花月夜〉，雖然整首詩沒有一句講佛，他就是在說佛的境界、生命的境界。很長的一首詩，美極了。紅樓夢

第四十九回香菱的〈明月詩〉可以說是〈春江花月夜〉的縮寫版，透露一份千古的天問，即如張若虛所感嘆的疊句追詢：「——江畔何人初見月？江月何年初照人？不知江月待何人？……」如此清涼美好的光照，它到底在等待哪個有靈性和覺照的人？

香菱則說到「半輪雞唱五更殘」，就在天快亮的時候，江上還有來往過客。如同〈春江花月夜〉裡的詩句：「——誰家今夜扁舟子？何處相思明月樓？可憐樓上月徘徊，應照離人妝鏡台……」這是迢遙千里的人情相應與見證，迴盪在純淨月色中。至於香菱詩中則道出「綠簑江上秋聞笛」——聽到遙遠舟子的笛聲；然後是「紅袖樓頭夜倚欄」，世上有多少的林黛玉在那邊睡不著覺？

香菱〈明月詩〉的完成，固然有賴於黛玉的悉心傳授。但「紅豆（絳珠）教紅豆（朱砂痣）」，眉心有天眼的香菱豈非妙筆寫出了黛玉的身姿心事？

人家問說：「林黛玉妳睡得好嗎？」她回答：「一年能睡得好的日子，幾天而已。」「難怪妳身體病成這樣。」你們要小心，多睡點覺，別像林黛玉「紅袖樓頭夜倚欄」。

香菱〈明月詩〉的最後兩句，是向有情眾生全體的祝願。這也預告了我要在最後向大家虔誠的祝福。

香菱詩云「博得嫦娥應自問」——如果你一個人形單影隻要到哪裡求相應、如何了解情的深意，到何處去得見證？所以說「博得嫦娥應自問：何緣不使永團圓？」

這是能夠從相對界來見證合一、變成真空妙有、不二法門的最高的真理，那就是團圓——大圓滿，也就是一個Mandala（梵文「曼荼羅」）——心的本質。

我們看下一張**圖檔十六** **華嚴偈句**，是從《華嚴經》中將菩薩比做明月的四句偈文：

菩薩清涼月，遊於畢竟空；
眾生心水淨，菩提影現中。

這就要回來看我們的佛教了，要記得《華嚴經》這經名，因為等一下會牽連到武則天，她是中國唯一被公認的女皇帝，毀譽參半，我想在這由父權主導的社會傳統中，必然有很多男性試圖攻擊她，甚至說她穢亂宮廷等等。

可是事實上她是一個政績卓然的皇帝，在文化上，她篤信佛教，整部《八十華嚴》巨著的翻譯便是她倡導、督造的。那等一下我會多講一點關於武則天，因為她牽連到

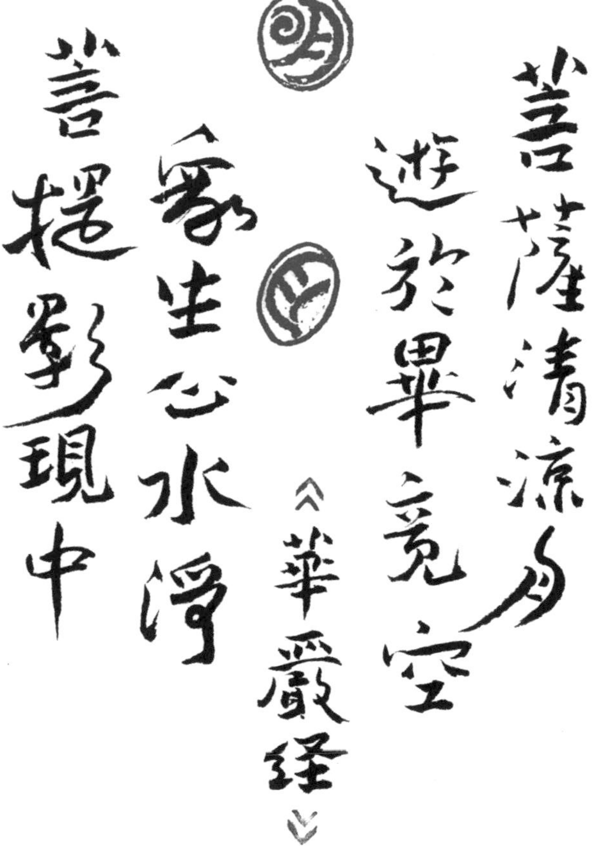
菩薩清涼月
遊於畢竟空
《華嚴经》
眾生心水淨
菩提影現中

圖檔十六 華嚴偈句

《紅樓夢》第五回提及「武則天當日鏡室中設的寶鏡」之事。也牽連此書另一別名《風月寶鑑》之探討，很有意思。

這裡《華嚴經》出名的四句偈，包含了整個東方人對明月的認識。明月，就是我們真正祕密清淨的心性，所謂「菩薩清涼月，遊於畢竟空。」菩薩在這個世界化身千萬，垂跡示現；譬如香菱（英蓮），你不要以為她有命無運、過著淒慘的生活，她其實是來遊戲人間、是來照應、啟發你們的。這就是「菩薩清涼月，遊於畢竟空。」

我曾示範雙掌合十如蓮，行印度式問訊禮道：「Namaste」——我說我心中的佛向你心中的佛致意。而人人心中本具的佛性就像你心中有一碗水一樣。雖然各個盛水器皿形狀不同，但水性相同。

《華嚴》四句偈的後兩句道：「眾生心水淨，菩提影現中。」所以眾生如你的這碗水，如果一天到晚很熱情地攪它，不斷地追求、不斷地攪動，那個心水就會像黃河水般混濁一片，甚至會冒泡泡、迸炸開來。可是只要你有止有觀，心沉靜下來、從定生慧的時候，月亮就出來了，而「千江有水千江月」，同樣皎潔的明月，可以機會均等的映現在每一個眾生的心水器皿中。

那個月亮代表的是什麼呢？它是「菩提」。菩提又是什麼呢？有人說它是智慧。智慧是聰明嗎？對不起，它不是。智慧發自慈悲。當你有大悲心的時候，你才可能懂得什麼是智慧。如是「悲智雙運」，便是穿雲破霧、遊於畢竟空的菩薩清涼月了。

好，這是唐代的佛教名句，那再下來，宋代繼承唐代，也是盛大的佛學時代。且讓我們再讀一首宋代黃庭堅〈澄心亭頌〉**圖檔十七 澄心亭頌**，這就是中國人的佛學了。詩題〈澄心亭頌〉，是對心情波瀾起伏乃至於寧靜的譬喻。是不是亭子外面真的有一個湖倒不一定，如果心澄靜下來，你就是在澄心亭裡。於是詩人在澄心亭裡首先覆述他最愛的《華嚴》四句偈：「菩薩清涼月，遊於畢竟空，眾生心水淨，菩提影現中。」〈澄心亭頌〉後半段共八句，是我們若修持佛法必須不斷學習的法門。且讓我們從「**忍觀伏塵勞**」說起：忍、忍、忍！我們現在人最大的問題就是不懂得忍、也不能忍。因為在今日廣告行銷氾濫的資本主義社會潮流中，我們被訓練成格外崇拜我們的感官；只要有什麼事情觸動、拎起我們、我們就立刻跟著感覺走。

我們不太知道若要是修菩薩行，在六度萬行中第一重要的就是忍。有忍，「戒定慧」中的「定」字才會出現，有定，你才會看見你自己；這也就是一個安止的「止」字。

《澄心亭頌 黃庭堅 宋》

菩薩清涼月 遊於畢竟空 眾生心水淨 菩提影現中。忍觀伏塵勞 著底八風動波影，澄海性沈沈 地來塵勞還 覺海性沈沈 圓澄

渾印萬印 渾印軍印飛 涅槃門 微波個學不起動波影，

佛子台治恭書
微隆堂
2005.5.5

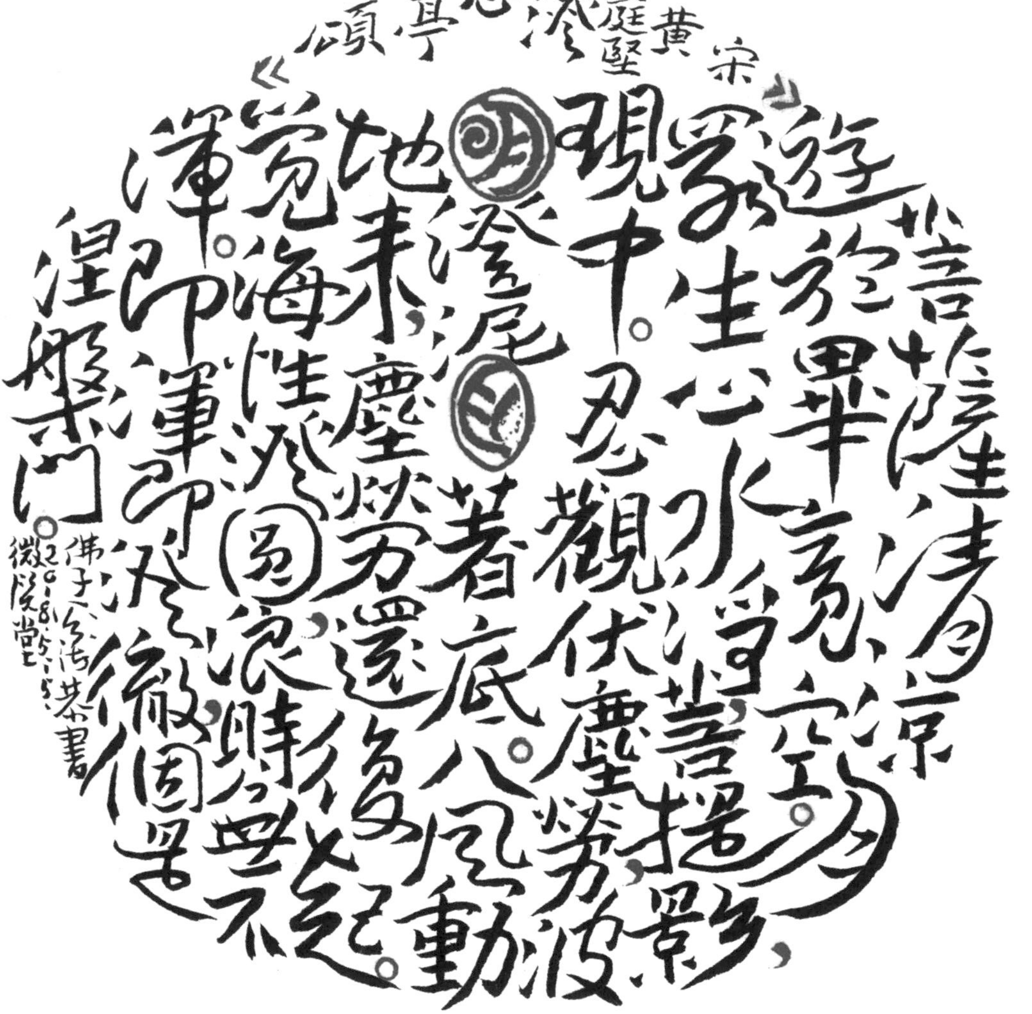

圖檔十七 澄心亭頌

在禪修中，甚至你會想要把自己綁起來，說：我要忍一下；努力於打坐也就是如此。忍是很微妙的，譬如說明明我火都已經衝到腦門上來了，我得告訴自己說：我是一個學佛的人，我不可以發脾氣。這個時候能幫助我安忍的法門在哪裡呢？可能是打坐、觀呼吸，或者是專心持咒、念佛號。

我告訴你，這簡單的修定、修安忍足以改變你的人生。前面分明說火已經燒到腦門子上了，專心數呼吸五分鐘後，你回頭看說：我在生氣。「我看到我在生氣」。不得了，修行的關鍵出現了。然後你就可以想：我氣了，會怎樣？少氣一點，會怎樣？不氣了，會怎樣？就在這個關鍵當中，就是佛家講的你的業力、或是大觀園中所有的情鬼都環伺在你的身邊。只要觸弄你一下，那個寶玉就要得失心瘋了你知道嗎？

這些情鬼、這些丫頭們，不曉得她們心裡在想什麼？你怎麼幫她們忙都不行，賈寶玉在女兒國裡所擔的苦、受的罪是說不清的。

業力固然是不容逃避、不能主宰的，但在安忍中，你開始有了選擇權。也就是剛才所說過的：上帝發給你這副牌，你會玩了。

你就開始「忍、觀、伏、塵勞」。你看一杯水剛才是濁的，我現在去打坐五分鐘，再回頭看它已經澄清一半了。如果打坐一節課、四十分鐘，它上面全是清水，可以喝了。

這就是我們的心，我們的心就是水。所以說「**忍觀伏塵勞，波澄泥著底**」。如果你的止、你的安忍可以到達那個地步，所有這些塵勞、所有這些世界上的紅塵滾滾，一切霾害，也都可以沉澱下來。

下面的詩句更精彩了，這也要繼續學習，別以為我這樣忍觀就好了，你說事情忍過了，我現在很好了，我修得很棒；對不起，你不懂得心性的本質、潛在的本能或可說業力，是遠遠超過你所能估量的。

它既然是湖，自然是要起波浪的；也如同大海，起波濤就是它的天性，你哪有辦法去約束它？所以等到「**八風**（利、衰；譽、毀；稱、譏；苦、樂）**動地來**」的時候，「**塵勞**（六道輪迴）**還復起**」，波濤又襲來了；我以為這些事情已經過了，可是麻煩又來了。我們不都是在過這樣的生活嗎？

可是這個時候因為你對禪修有了經驗，就能夠了解〈澄心亭頌〉後段的結語。你的心性之海——覺海，這個海的性質是「澄圓」的；本質上就是澄清、圓滿的。「**覺海**

性澄圓，浪時無不渾」。

即使它在濁浪滔滔的情況下，並無礙於它原本澄淨的性質。我們原來就有一顆清淨的佛心藏在我們的六根覺受底下，所以「**即渾即澄澈**」，就在混濁當中，它就是澄澈的。「煩惱即菩提」，這便是中國佛法發展到最巔峰的狀態，也就是密宗心性學最奧妙的內涵。

可是我們不能亂學，要明白「無煩惱不成菩提」、一項項慢慢來轉化煩惱，藉假修真，所以「**個是涅槃門**」。我們看下一段……

白先勇：

等一下，我把奚淞再拉回大觀園來。他講大觀園裡有兩個人是最重要的，一個是薛寶釵、一個是林黛玉。我想她們是代表《紅樓夢》的兩個世界。

他剛剛講到薛寶釵不想教香菱作詩，其實她自己很會作詩的。她們開始海棠詩社，第一次作海棠詩的時候她得冠軍。為什麼給她呢？是李紈給她的；為什麼是冠軍呢？因為她處的社會是儒家的社會、儒家的價值觀下的宗法社會。薛寶釵的詩有儒家教育的修養，就像孔子的詩，是用來教化你的。寶姑娘完全屬於儒家系統、理性的世界。

《紅樓夢》有兩重世界。一個是感性的世界、一個是理性的世界，兩者是平衡的。寶玉身上的一塊玉，是他的圖騰；而寶釵是一個金鎖、一把大金鎖，說明了她最後要扛起敗落後賈府的辛酸。整個儒家的擔子在她身上，她要扛起來。

黛玉呢，她沒有玉，她不需要玉，她本身就是一塊玉。而且是至珍至貴的黛玉，黑色的。對不對？

所以她們所代表的兩個世界，黛玉是詩的化身，「冷月葬詩魂」嘛，她就是個詩魂。她就是大觀園裡面詩的世界的靈魂。

黛玉這一回教香菱的時候，是大觀園裡詩意最盎然的時候，也是大觀園「靈」最高的時候。後來大觀園慢慢衰退、慢慢被玷汙了。這時候她教香菱作詩出現了一輪明月，剛剛講的，的確是美國人不大懂得欣賞的明月。《紅樓夢》裡的明月好像很重要。不只是這首香菱作的詩，凡是當明月出現，或是在中秋夜的時候，都非常重要。明月也是一個象徵，不要忘了《紅樓夢》是一本象徵主義的小說。

我們都被作者所描寫的現實世界所迷惑，因為他的寫實功夫太好了，把人物寫得太像了，把任何一切吃的穿的寫得太逼真了，於是讀者被他的現實世界引誘、鎖在裡面了。剛剛奚淞講的，我們要跳出來觀看，其實現實背後有好深、好深的東西。

還有一點，我要稍微提出來，奚淞講的三個心理學家，都是研究人類潛意識的。這三個裡面，我最感興趣是榮格提出的「集體潛意識」。我想我們整個民族有一個集體的潛意識，會一直溯及到古老的神話世界。榮格研究神話，而且他對東方神祕主義非常有研究。他認為民族神話往往就是一個民族整個潛意識的投射。

曹雪芹寫《紅樓夢》是集大成的人，不光是文學上、而且是在整體文化上。中國儒、道、釋三家分合流布，發展到清朝乾隆時代，文明可以說是到頂了，而曹雪芹就是一個集大成者。

我想曹雪芹寫《紅樓夢》的時候，他不會想他要刻意寫神話、寫象徵，他本人身上已經集合了傳統滲透到他潛意識裡面的諸多元素。所以到他寫出來的時候，已經充分反映了我們民族宗教的、文學的、文化的整個人生。

很高興奚淞把現代的心理學提出來。《紅樓夢》不光是一部十八世紀的小說，它是超越的、沒有時代限制的，是我們整個民族傳統的集體潛意識的浮現。我特別向大家對這點加以補充。

奚淞：

所以我們注意一下，就當四十九回香菱學詩寫成〈明月詩〉時，這個明月就是照亮整座紅樓夢幻劇場的舞台光。而這光也就是照亮了黛玉「詩魂」的光。

剛才先勇說得好，《紅樓夢》確實是一本象徵主義的傑作。那種朦朧幽微，卻足以普照世界的光線，也提示了小說中每每出現月亮都帶有重要寓意。特別是到了第七十六回，描寫賈府中秋夜宴，月至中天，清光徹照，賈母在凸碧堂說：「如此好月，不可不聞笛。」

就在聽笛時，黛玉偕湘雲走下山坡，兩人在凹晶館池邊聯詩作戲。此時黛玉吟出「冷月葬詩魂」詩句。一語成讖，道破自身命運。

從七十六回全章描寫，回顧四十九回香菱所作之〈明月詩〉句若合符節，豈非如同黛玉攬鏡與香菱對面相望，剖心以對？

說到照亮夢幻人生的光，我想到三〇年代的大明星白光。

我和先勇兩人都是白光迷。這位三〇年代明星、嗓音低沉的「一代妖姬」白光，你們年輕人大概不認識。白光二十多年前來台灣，到台灣高雄「藍寶石」歌廳演唱，甫出場一聲「**我愛夜，我愛夜，更愛皓月高掛的秋夜……**」一曲〈秋夜〉，彷彿時光倒流，全場聽眾為之起立致敬。

她也帶給我關於佛理的啟發，譬如說有人問她：「白姐兒，妳本名叫做史詠芬，為什麼取藝名叫作白光。」她說：「我去拍電影嘛，我想那電影不就是投在銀幕上一道白光嗎？我就是那道白光。」她這話，倒恰好說中了心性的本質啊。

我們去看電影時，全神貫注銀幕上變動的劇情，一時為之哭、一時為之笑；我們沒有注意到原來那只是光的魔術；那只是白光透照一格一格的膠卷底片所投射出來的幻象而已。

有一回，我居然有機會見到白光本人了。朋友帶白光和顏龍伉儷到我家小坐。我逮著機會，就問她：「白姐兒，我好喜歡妳的電影。為什麼妳演《血染海棠紅》能把壞女人演得那麼好？」

「呦，哪有什麼壞女人吶？」白光瞪大眼看我，笑說：「我只是自自然然地去演她罷了。」

哇。這下子，我近距離看到了大明星白光本人，才看出她高挑雙眉的大臉，原來是個敦煌菩薩相貌，也明白了她演的電影為什麼好看。因為她在揣摩世間角色時，並不預作善惡評價，而是用非常自然、隨緣而無我的方式投入表演。這份包容心，投射在戰亂苦難的世代裡，顯得格外寬大。

白光個性率真，受人喜愛。記者問她說：「白姐兒啊，妳已經離開影壇那麼久了，為什麼大家還會喜歡妳啊。」白光坦坦然道：「人家喜歡我，是因為我喜歡人家。」真好。這果然是菩薩。在這裡呢，我覺得英蓮（也就是香菱）雖然是那麼一個不惹人注意的角色，她也是苦海慈航的應身菩薩；你看不見她，她卻默默照亮了你。她就成了這一齣夢幻劇的舞台光。

圖檔十八 草蛇灰線說菱復歸於蓮，循著圍繞劇場一圈、由右方英蓮名下引生的虛線「草蛇灰線」及箭頭指向，我們可以看到英蓮改名香菱，直到舞台中央「鏡花水月」處「絳珠教作明月詩」，象徵性的菩薩柔光照亮全台，然後虛線和箭頭往左迴轉，香菱又改了名字——秋菱。這名字代表了她最後的受苦、受金桂折磨的苦。

但看第八十回，獃霸王娶回來的金桂，脾氣自私潑辣，處處看香菱不順眼。金桂對香菱冷笑說：「菱角花開，誰見香來？妳有什麼香味啊？以後妳就叫秋菱就好了。」不只如此，日後金桂還想把她害死。

結果金桂作法自斃，她自己死掉了。秋

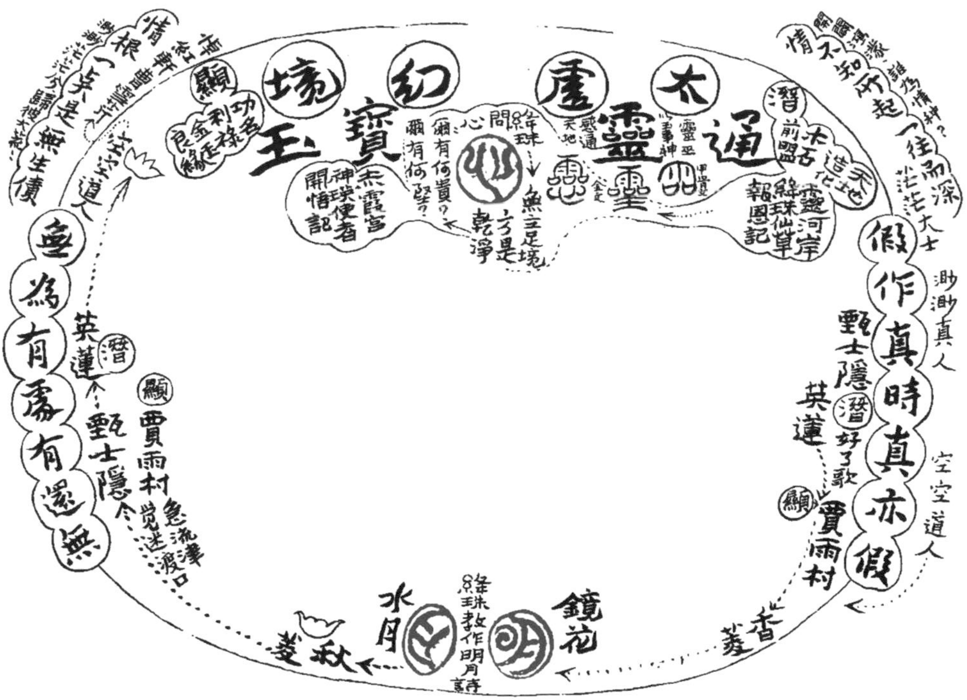

圖檔十八 草蛇灰線說菱復歸於蓮

菱呢，被扶正，然後便在書中消失了，果真是「草蛇灰線」。且看到一百二十回，整齣夢幻劇結局中「菱」如何復歸成「蓮」罷。

無論如何，我們知道秋菱代表了生命的成熟。這是什麼?對啊。這是相對，這是合一，這是不二法門：中間是一顆心。我覺得菱角的形狀很美。她就從成熟的秋菱裡得到跟世界真正的相應和連結，並且向你問候。

我覺得最有意思的是，從英蓮（應當化蓮）到香菱（內蘊芬芳）到秋菱（結成果實），她是最早現身、也是最後淡出舞台的女性角色，卻如同草蛇灰線，沿這個小說走了一大圈，走到最後甄士隱跟賈雨村、「真」跟「假」又碰到一起去的所在；而秋菱至此也又恢復了本名英蓮。

到了第一百二十回終場的幕落前，這個賈雨村已經在人世幻海中起伏多回，他做了一些貪贓枉法的事，也做了一些好事。總而言之，輪迴起落、宦海浮沉。最後，他居然來到了名叫「急流津、覺迷渡口」的地點。

佛陀說：人的生命便是如同瀑布般的急流。我們的身體本身就是一個急流，知道嗎?我們身體六十兆個細胞全體的生滅代謝和賡續，我們生命的運作在宇宙當中是一個急流……在這個急流當中，你可以從幻夢中甦醒過來的地方，是在這個地方——急流津、覺迷渡口。

兩人相見，明明是仇敵——賈雨村應該是甄士隱世俗上的仇人，就因為是他徇情枉法的判決，才使得英蓮一生受了那麼多苦。

如此甄（真）賈（假）重逢，我們或說「相逢一笑泯恩仇」，然而此處連一笑都不需要。清風明月，非常平淡，滄桑世事亦如同家常閒話。非常的好了、好了、好了——還記得〈好了歌〉的那首序曲？在這結尾真箇是：了了分明，卻又可以不了了之。

甄士隱已經變成了道教地上的神仙。所以賈雨村對他說：「仙長啊，你覺得一切世事如何？」

甄士隱說：「我不過是來了一件俗緣而已。」

「什麼俗緣呢？」

「我的小女英蓮，她已經難產而死，留下遺腹子，她現在塵緣已經蛻盡、公案已經了結，我就接引她回到太虛幻境去銷案。」

整部《紅樓》，最初亮相的女性角色，也正是在落幕前最後退場的英蓮。所以這

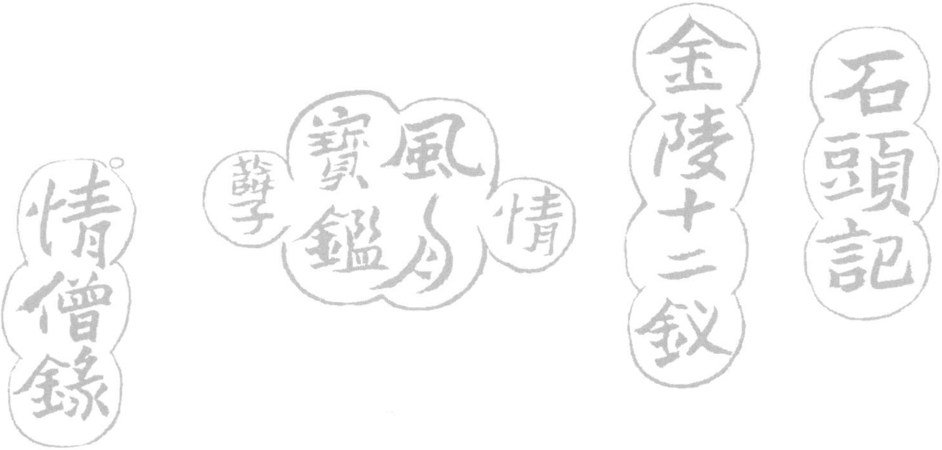

一大圈由英蓮隱密造就的「草蛇灰線」，把紅樓的夢幻舞台圍成了一個真空妙有的曼荼羅（Mamdala）。

好，我們看**圖檔十九** **五則劇目：石頭記、金陵十二釵、風月寶鑑、情僧錄、紅樓夢。**

東方古老經典、特別是佛經，一個題目往往代表了它全部的涵義。《紅樓夢》展開沒多久，才第一回的開頭，它已經提出了五個題目。這就是告訴你，你應該從五個切入點來看紅樓。所以在這座夢幻舞台上張貼了五張劇目。我們先來看看第一則劇名：「石頭記」。

本來嘛，整部《紅樓夢》就只是登錄在通靈寶玉、一塊頑石上的故事而已。

這裡要注意，為什麼是「女兒國」的故事？

其實這裡頭藏了一個祕密；從舊石器時代開始，到新石器時代晚期，我們的祖先其實是活在一個原始母系的社會當中。

在婚姻制度未立前，難以確立父親角色。從很深的潛在本能當中發作情慾而渴望繁殖，並能夠撫育子女的，唯有女性。母親必須要把小孩照顧到成人，而父親早就不知道跑到哪裡去了。在史前石器時代的母系社會中，沒有文字，是口耳傳承神話的時代，在中國創世神話中，便流傳女媧造人以及煉石補天的故事。

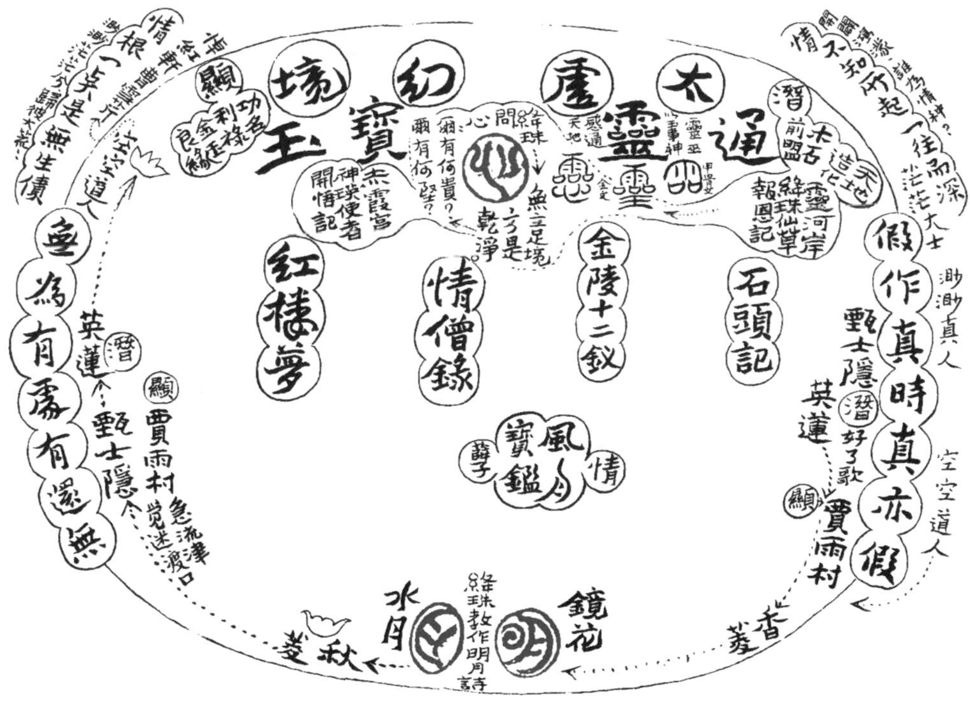

圖檔十九　五則劇目

我們且看下面系列**圖檔二十** **女媧造人、男神戰禍、女媧補天**等。

人類是女媧一個一個用泥土造出來，捏塑之餘，又希望可以造得快一點，她甚至拿樹藤在沼澤裡鞭打、鞭打、鞭打，所有飛起來的泥斑、泥塊，都變成了人。

做為眾生之母，女媧當然是自己的子女自己愛。可是我們要知道，如果試圖了解神話源頭，這人面蛇身的女媧可能是古老華夏母系部族最後的圖騰。

所以我們姓氏的「姓」字，就是「女・生」；暗藏古代人們只認得母親、不認得父親的初民母系社會狀況。

我們所記得、有文字的歷史，其實早已進入父系的威權時代。所以當武則天出來做皇帝的時候，很多人都很不滿意，因為男人不高興，這話題待會再說。

女媧造人的創世神話，見**圖檔二十A**，接繼下來便是產生男神打架、鬥爭稱雄的故事，見**圖檔二十B**。

慢慢的從母系走向父系社會，乃是在新石器時代末期，因為畜牧、農業的發明，人類開始有了財產的累積，財產多起來的時候，男人的力氣比較大，可以蠻幹一下：嘿，這些個全拿來，都是我的，不錯！漸漸的，女人躲開一點、再躲開一點，待在家裡乖乖的。

所以男神就現身了，表現出他們戰爭跟掠奪的性格。這特質一直到今天也還是很明顯。要占有、要掠奪、要稱霸，這一直是靈長類男性的問題。所以四大就不和，風不調、雨不順。四大都是有神的，在那無歷史、唯有神話的時代，水神跟火神爭霸權就打起來了，水神共工跟火神祝融打得難分難解，最後水神共工被打敗了。

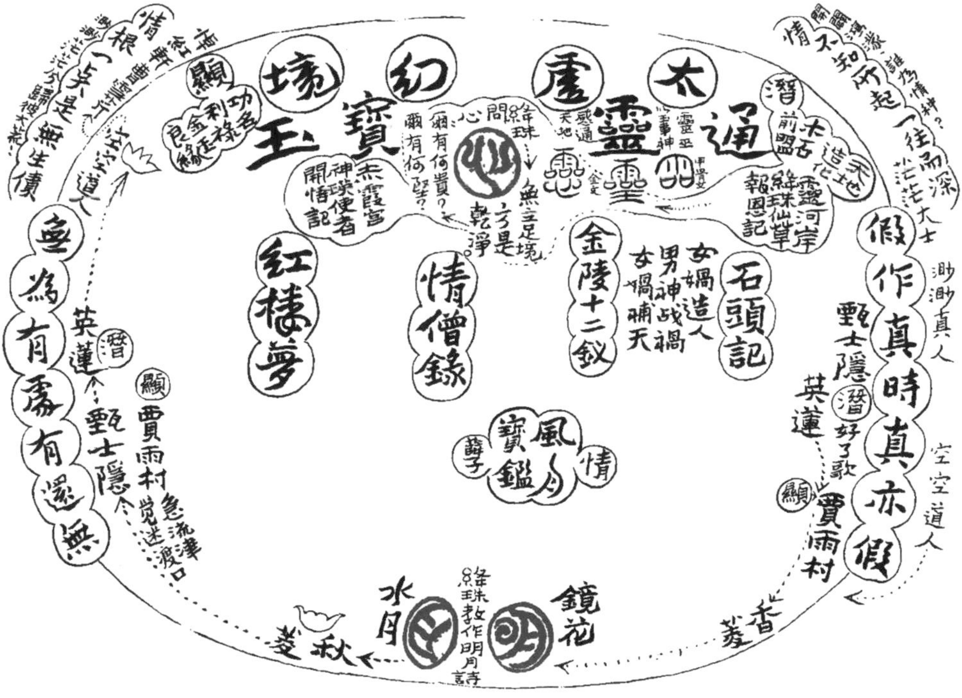

圖檔二十　女媧造人、男神戰禍、女媧補天

圖檔二十 A 女媧造人

圖檔二十 B 水火之爭

男人不能敗，被打敗的男生你知道是怎樣的，怒火中燒，恨意不能發洩，於是水神共工一頭撞上不周山，見**圖檔二十C**。不周山是當時神話國度四大天柱之一。要有天柱把世界撐起，我們才有碧藍的青天。

共工怒觸不周山，天柱倒塌了一根，可怎麼辦？大地之母女媧為了維護她的子女，必須把這個破壞的世界重新修補起來，見**圖檔二十D**。請在座的女生以後好好的努力，現代也還得靠妳們把這世界補起來。所以女媧就收集了三萬六千五百塊石頭，用火燒煉得碧青碧青的去補天。累死人。

可是事實上，她補得還不算完美；因此天傾西北，地陷東南。所以一江春水向東流，便是因為地陷東南的關係；至於那日月星辰往西走，是因為天傾西北的關係。

工作完畢，女媧累壞了，倒在地上。神話的結尾說明一個母系圖騰部族的沒落跟衰微，但女媧雖然倒地，卻沒有死。我告訴你，她現在還活著。是真的，不騙你，神話永遠活著。女媧若不活，這個神話就不是真的。真的神話永遠活在我們當中，等下你們會看到。

圖檔二十C 水神共工怒觸不周山

圖檔二十 D 女媧補天

她倒下去的時候，雖然人面蛇身的身體消失了，可是據說有「女媧之腸」、她的心腸沒有死，化作十個神人。古書記載，世間有十個神仙是她的化身；女媧永遠用她的心腸去護衛名叫「廣黍之野」的大地。黍是小米。整個養育初民的小米田是女媧在護衛。

這片大地上，當然少不了那一塊石頭；就是青埂峰下那個沒用得上補天、沒用的傢伙。我告訴你，這塊石頭——通靈寶玉徬徨世間、他在尋找女兒國，就是女媧的那個母系社會、那個屬靈的世界。也就是屬於人類潛意識、本能的世界。這個是賈寶玉的任務。

我們再看下一張圖檔，為什麼《紅樓夢》是女兒國呢？我想恐怕很多外國讀者讀得莫名其妙，我認識有一個讀者就說：哎呀，賈寶玉好討厭喔，見一個、愛一個，拈花惹草。

事實上寶玉正是一個見到女人就覺得高興，見到男人就覺得濁臭的一個人。

事實上也正是有一個女媧原型母系社會下降，變成潛藏於民間的力量，而此時男性上升，演化成父系社會。這段父系歷史也不過才數千年而已，而古老的母系社會可能占石器時代幾萬年之久。見**圖檔二十一** **潛入民間的母系社會**。

如果追溯的話，那數千年演變成到男性主宰的父系社會，到今天戰爭還沒打完。父系變成顯象的社會，而母系則隱身、潛入民間底層。

上世紀末九〇年代，我與夥伴去陝北進行民俗田野調查的時候，還分明感受到當地的「母體文化」。

黃土高原山溝窯洞區裡有女巫，有獨特的母系傳承遺風。

我跑進窯洞裡訪問老大娘。穿藍布棉袍的大娘坐在炕上。我說：你可不可以教我做剪紙啊？她說：你是個男子，跑來跟我學這個咋啥？我這個是教給女子的。禁不住我的哀求，老大娘才教了一點點。她不大高興。這是母系傳承。

陝北流傳說：你要娶妻子啊，你不必娶貌美的，要娶一個手巧的。因為貌美一下子就過去了，而心靈手巧的你一生受用不盡。真的，在陝北那樣一個赤貧的地方、窯洞裡面，她只要拿一把大剪刀，拿幾片紅紙，她就剪出一堆窗花壁飾，逢年過節熱熱鬧鬧。

剪紙、刺繡、做麵花，什麼東西都是母親教女兒的。而且當母親教做某些圖形時，會特別囑咐：做這個圖形你要小心，絕不能夠更動它，如果更動它一點點，你會爛手指的。為什麼？我告訴你，根據民俗專家研究，圖形，譬如是特別的虎面或龍形，那個可能來自遠古母系社會的圖騰標識。

大陸上的專家說，如果就當地做考古挖掘，往地底下挖，挖到那段史前地層的時候，你會找到那個與母系傳承相同的圖形。也就是說，經過幾千年，母系傳承可以把他們民族早已消失的圖騰，如活化石

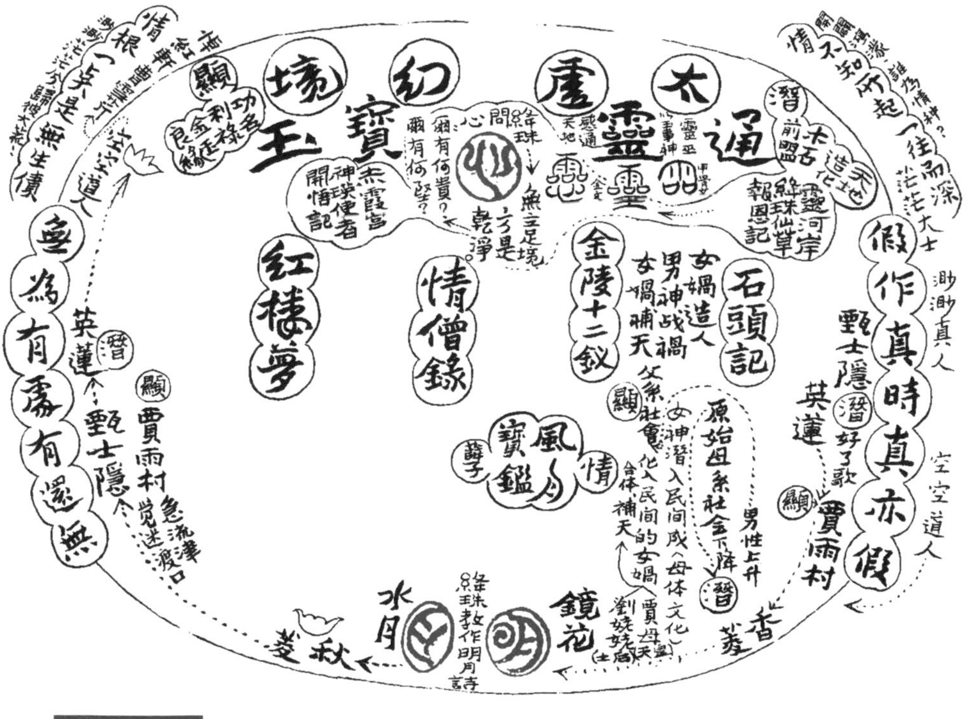

圖檔二十一 潛入民間的母系社會

般留存到今天。這就是活著的神話了。

所以母系社會的復活，就要靠妳們在座眾位女生了。

我們讀《紅樓夢》不免驚訝於賈母跟劉姥姥一見如故。劉姥姥何等人物，她真的是從民間活蹦出來；天生的那種機智和靈活，卻又坦率赤誠，真是有意思。

第四十一回中，賈母帶劉姥姥一夥人遊園，一路進到妙玉的屋子裡去。見到賈母，妙玉當然非常恭敬，要給賈母先泡茶。妙玉親自捧金龍獻壽茶盤，上面放一個成窯五彩小蓋碗，向賈母獻茶，並說明：這是「老君眉」。賈母接了問：這是什麼水？妙玉答：是去年收的雨水。賈母飲了半盞，就笑著遞給劉姥姥說：你也嘗嘗。劉姥姥一口飲盡說：嗯，好是好，就是淡了些，再熬濃些便好了。說著，大家都笑起來。在這一段賈母與劉姥姥分飲一杯茶的描寫裡，把高貴的賈母與村野的劉姥姥完全放在平等地位來觀照，是有作者特別用心的。

那個性高潔，不願沾一分俗氣的妙玉轉身跑到後房，另外煮茶招待寶玉、黛玉這些人去了。同時，她對服侍的道婆說：等會兒那成窯的茶杯就別收了，丟到外面去，不要了。當然，這是因為劉姥姥喝過了，妙玉嫌骯髒。由此，也就帶出紅樓角色日後的清濁浮沉命運。

我覺得第四十一回中，劉姥姥與賈母中間的那種泯除身分差距，而莫逆於心的表現，涉及了民族古老的母系傳承和創世神話。

且看第三十三回述及「不肖種種大受笞撻」，因為琪官及金釧兒事件，寶玉慘受父親掄大杖往死裡打，此際誰也救他不下來。這時從窗外傳來顫危危的喝斥聲：「先打死我，再打死他，就乾淨了！」這緊急中趕來、於虎口中救出寶玉的便是平日丫眾環侍的賈母。她為愛孫不惜披髮拚命展現出母神般不可思議的威風。

後來，你也會發現，賈府被抄家的時候，《紅樓夢》發展到第一〇七回，平日養尊處優的賈母她突然湧身而起，她要救賈府整個的那種悲願、跟她盡散私房所有金銀積攢以救度家人，那分魄力和能量的發作，完全就是神話中女媧補天的能量。當場賈政等人看到母親這樣做，俱都哭著跪下來。

到後來，你看在一一三回裡，平日爭強好勝的鳳姐兒面臨家敗病危的慘境，是誰把她女兒巧姐救走的？又是一個母系傳承——劉姥姥臨危救孤，把巧姐帶到鄉下，在鄉土裡繼續培育一個嶄新的女兒。此處的劉姥姥也就是大地之母的象徵了。

若把神話中的女媧一分為二，化為中國神話人物，賈母可說是「皇天」，劉姥姥則是「后土」。

此外再說一點事情，中國的文明為什麼這麼強大？是因為高層的這個陽春白雪的世界，跟底下草根的下里巴人世界是一直在輪轉。每當高層文明熟爛、坍塌下去的時候，草根性的民俗文化，就又升騰起來了。

就譬如說在大觀園裡面，他們吃的東西都精緻到不行，惹得鄉下來的板兒看了到處淌口水，而劉姥姥看到盤中食物就只有瞪大眼發痴的份。

她們就夾了一筷子東西說：姥姥你嘗嘗看這是什麼東西？她就依言嘗了。嚼了又嚼，說不出話來，不知道是什麼？那傻相，惹得大家都笑了。

「這是茄子。」她們解釋了賈府大費周章的烹飪法。

茄子？哎呀，茄子怎麼是這個味道呢？劉姥姥驚呼：要用多少多少隻雞？要經過多少多少道烹調？要怎樣操弄手法？

劉姥姥說：哎呀阿彌陀佛，我的媽！那我現在倒要再嘗嘗看，嗯，果然好像有一點茄子的味兒。

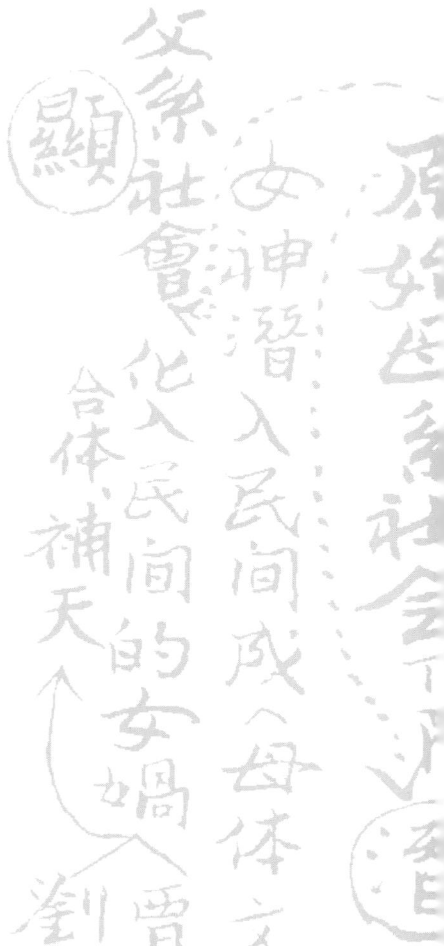

這地方就說明了文明發展精緻、高雅到一定程度，就連茄子都失掉茄子味道的時候，它就要面臨失去意義的潰敗了。

於是重新要回到賈母對劉姥姥所說：我多喜歡你這田野裡新摘來的瓜、豆、菜蔬，這些青翠新鮮的東西！就是那些個最鄉土的東西，真是令人愛死啊，因為生命力就在那裡。

這種高雅與鄉土文明不斷地升沉、上下翻轉，輪迴。我說一端是「皇天」，一端是「后土」；一個是去支撐顯象文明的，一個是隱形藏在鄉土民間的，一次又一次繼續輪迴生發。即使在今天中國的民間還可以看見。我想或許可以請先勇多解說一些。

白先勇：

我來補充一下，奚淞剛剛這個想法，我覺得非常好。關於《紅樓夢》賈母跟劉姥姥這一對，把兩個人說成「皇天、后土」，等於是女媧的化身、兩個化身。

我想奚淞剛剛講的這個母系社會，難怪賈寶玉說：女人是水做的。水是靈，代表靈性；男人是土做的，代表現實社會。大觀園是母系的，所以是靈的社會。

這兩個老太太，我覺得劉姥姥像什麼？土地婆。我們的土地婆，人間有難了，她就化現出來救人。你看看，所以她是個土地婆。她也把土地的生命，帶進大觀園；她把茄子啊、豇豆啊、這些的生命帶到大觀園去。

所以第四十回：「史太君兩宴大觀園、金鴛鴦三宣牙牌令」，這是大觀園裡面最盛的時候，大觀園裡面一片笑聲。劉姥姥不是說：「老劉，老劉，食量大如牛！吃個老母豬不抬頭。」她們就笑得不得了。那一場是《紅樓夢》寫得最好的，我沒看過寫得那麼熱鬧，黛玉笑得岔了氣，寶玉滾到賈母懷裡，每個人笑得七顛八倒。這是劉姥姥把真正的生命，帶進了這個被禁閉的貴族之家。

所以必須要讓賈母和劉姥姥兩個老太婆合喝一杯茶。兩個老太婆變成非常 buddy

buddy，如剛才奚淞所說。

剛好兩個老太太在最後賈府被抄家以後，分別表演出很動人的戲劇。賈母祈禱老天：讓所有的罪降到我身上，不要來懲罰我的子孫。那一段八十歲的老太太賈母，跪著向天祈禱，我想剛剛講的就是「皇天」。

然後當巧姐有難、要被她的舅舅賣給人做妾的時候，劉姥姥就出現，一下子把她給救走了。土地婆來了，救走了。這兩個人在《紅樓夢》裡面，的確是她們帶領了女兒國。兩個老太太在某種程度上都是領袖。

奚淞剛剛講的「茄鯗」，王熙鳳說明要怎麼炒、怎麼做，劉姥姥就出來了，她說：我的佛祖，這要多少隻雞呀？

一個文明發展到最精緻時，其實是危險的。如乾隆時代，文明工藝發展到了極致，你看像當時如景泰藍那些器物，都已經是不能夠再發展的東西。發展得極致就往下坡走。我說《紅樓夢》在某種意義上，是一首史詩式的輓歌。哀輓什麼？哀輓我們整個的文明即將崩潰。曹雪芹是一個了不得的藝術家，這個作家有一種第六感。就在賈府最盛、吃茄鯗的時候，也就預告了賈府要被抄家。

我們的文明能夠在那個時代產生《紅樓夢》也不是偶然。是我們文明到了頂，爛熟爛熟了；就像那些茄鯗一樣，要用多少隻雞來燉的時候，我們說是over refined，太精緻了。常常一個文明太精緻的時候，就會被野蠻民族侵略、毀壞。我們那時代太精緻了，十九世紀就被一大群野蠻民族如八國聯軍入侵了呀。中華文明，那麼古老、精緻的文明，就被一群野蠻人一下子掃蕩掉。我想《紅樓夢》裡面已經在預告了這一切。

至於奚淞提出這個母系社會，是《紅樓夢》很重要的架構。不了解這個，以為在寫一群女人、一群婆婆媽媽的瑣事。有些人看《紅樓夢》不耐煩，因為太多女人在裡面，他不知道這是關於一個女人國、母系社會的重現。我想經過奚淞這麼一講，我們就可以想通了。

奚淞：

不過我要再補充一句，就是女性，不只是指女人而已。有的男人也是女性；有的女性也是男人。就好像賈寶玉說：明明是女人，結了婚以後，混濁起來像個男人。

或者最後到了第一一五回，很有趣的是當賈寶玉見到甄寶玉的時候，兩個人惺惺相惜、互相恭維了幾句後，那個甄寶玉恭維，說世兄風度清淨文雅等等，寶玉聽了就心裡覺得有點奇怪，心想怎麼拿我當女孩兒看待。甄寶玉又對他講說：我們到了這個年齡，也應該收收心，要好好讀書贏得功名利祿才對。賈寶玉聽了就不高興了。

其實賈寶玉是頗富女性情操的，如果要以戲劇或戲曲方式找扮演賈寶玉的角色，不能用一個雄赳赳的少年來演。像七七年版的邵氏電影《金玉良緣紅樓夢》中，用林青霞來反串賈寶玉倒還不錯。

至於第一一五回中，賈寶玉討厭甄寶玉的理由說明白了是：那個甄寶玉只曉得談功名利祿，沒有講到「明心見性」。這是整本書裡唯一提到的「明心見性」之處，卻也標出了全書暗藏的主旨。

回顧《紅樓夢》的神話序曲、絳珠仙草對神瑛侍者的報恩行動，她不光只是還淚、把你哭得死去活來，給你拋紅豆，她是要給你一步緊似一步的命運撞擊，一直到你連立足地都沒有的時候，讓你看清生命真相、超越於心境、看到心性本質，抵達「明心見性」的無上開悟，這才是神話中報恩的情節，與世俗報恩的狀況大異其趣。

好，我們來看下一個劇目**圖檔二十二** **金陵十二釵**。

在全書開宗明義第一回中，據說是悼紅軒（此際的紅，是悼輓青春的紅）中的曹雪芹，把空空道人給他的這個《紅樓夢》的抄本，披閱十年、刪改五度，然後一一分了章節以後才完成的，如此他就又為書題了一個名字叫做「金陵十二釵」。

按照白先勇的說法是作者以折子戲的方式完成全書回目以後，把這重要女性角色編成了「金陵十二釵」正副冊。

在第五回「賈寶玉神遊太虛境，警幻仙曲演紅樓夢」中，警幻仙子讓寶玉在夢境品嘗「千紅一窟（哭）」之茶，飲「萬豔同杯（悲）」之酒，並且為他演出「紅樓十二支」的歌舞劇，相當於為全書的女子命運做出預告。

若說第一回中甄士隱與賈雨村結識，由「真」、「假」相遇帶出〈好了歌〉情節，是為一切人世滄桑寫成大序。第五回的夢中歌舞，便是收縮視界，進入大觀園，為「金陵十二釵」正副冊中眾女子的悲歡離合作了第二重的序曲。

「金陵十二釵」以現代科學、心理學及佛學的眼光來檢視，我們看到是什麼？

就是在DNA生物基因及佛家所謂業力之海當中，潛伏於宇宙的百分之九十五的暗物質跟暗能量中，不可說明的某些生命習性，佛教說是躲在你身體裡睡覺的東西，叫做「隨眠」。於唯識學中，則稱之為業力種子，或即是《紅樓夢》中所謂情種和孽海。

紅樓夢神話「太虛幻境」裡，孽海當中隨時準備要發動的一堆堆情結——在榮格的心理學中談論了許多，就是有這種種情結、那種情結等等。其實這個「十二金釵」，就是一組一組的業力和情結習性的組合，牽引出整部悲金悼玉的《紅樓夢》。

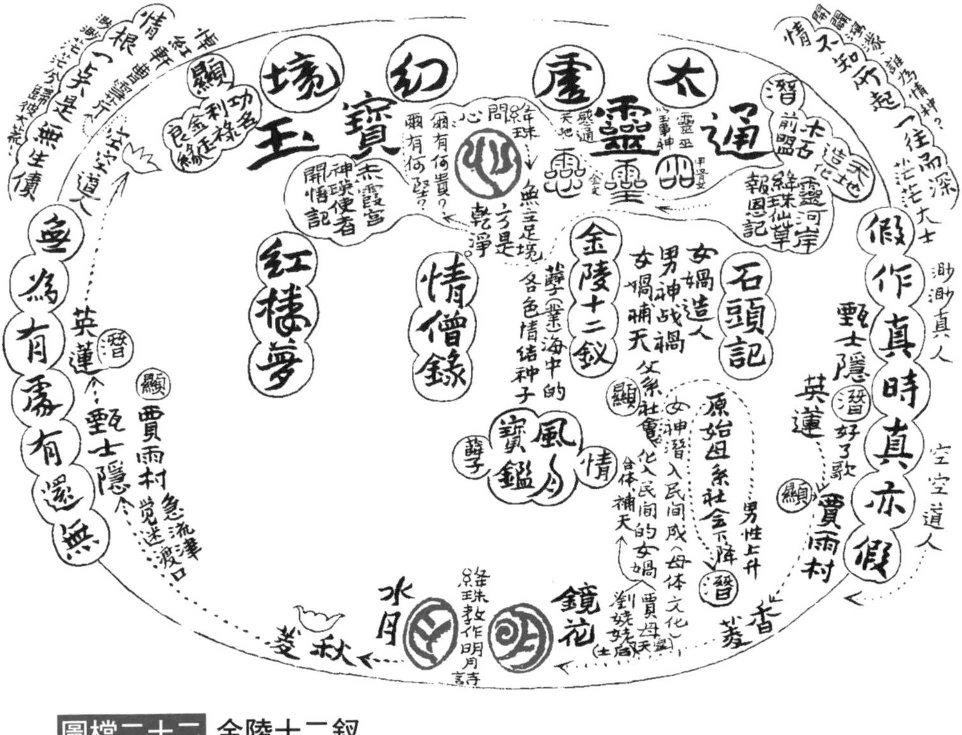

圖檔二十二 金陵十二釵

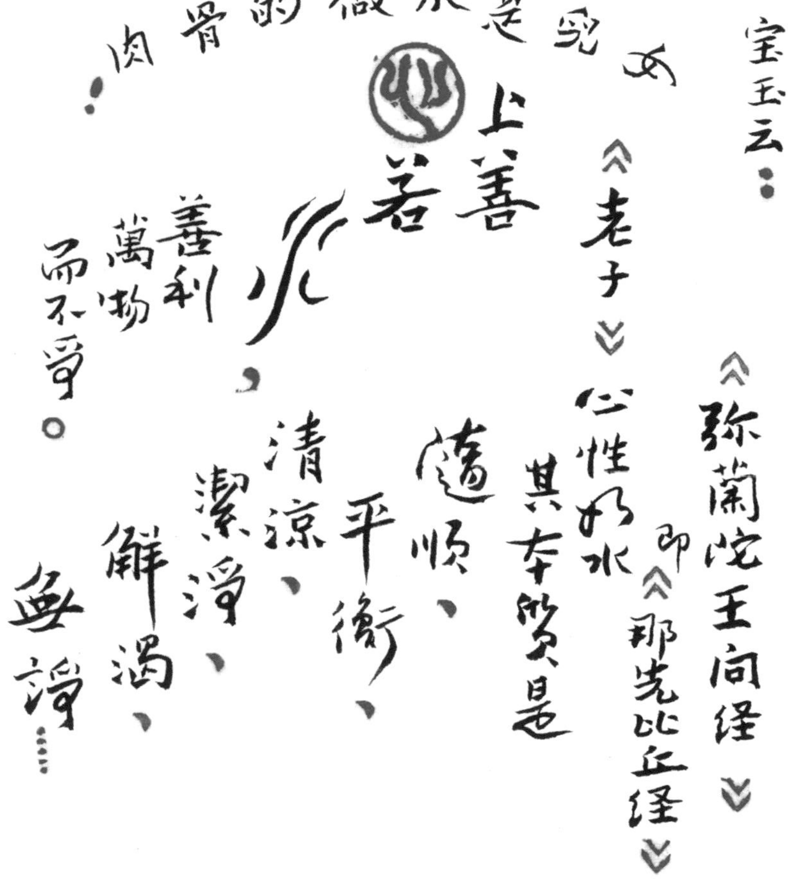

圖檔二十三 AB《老子》、《那先比丘經》

我們現在看**圖檔二十三AB 女人是水做的**，《老子》、《那先比丘經》。

寶玉云：女人是水做的骨肉。

這個呢，就是說來到這個「女兒國」、女性的世界。且讓我們看看，為什麼女人是水做的？會不會是一種原始的本能，就像當我們看到海洋的時候，就會不自覺傾向於那海，因為那是一切生命的始源、我們的故鄉。

古人是這樣講的，老子說：「上善若水，水善利萬物而不爭。」它的那種柔和跟隨順，確實是女性的母性本能，你看不管小孩怎麼樣哭、怎麼樣鬧、怎麼樣調皮，母親永遠還會把他像小猴子一樣抱在身上。

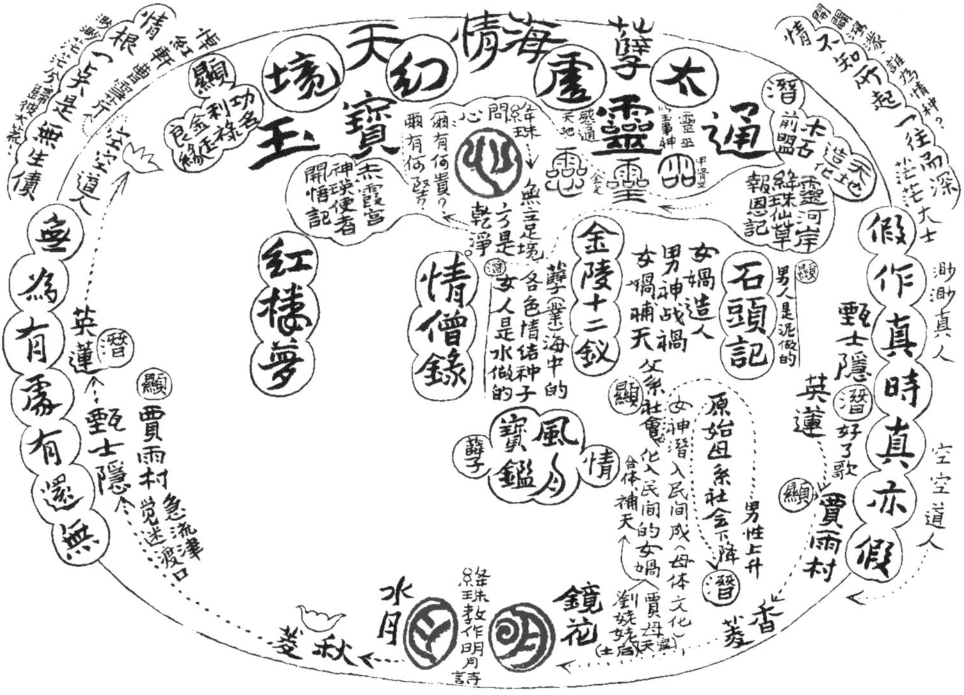

圖檔二十三 女人是水做的

這個有意思，早期佛典《那先比丘經》中以水形容心性本質。佛去世幾百年後，在西北印度有一個希臘人成立的國家。一位名叫做那先的佛教比丘向希臘裔國王彌蘭陀一世說法。那先比丘說：「心性如水，其本質是隨順、平衡、清涼、潔淨、解渴、無爭……」這便也是寶玉心目中女性本質罷。

下一個**圖檔二十四A** **風月寶鑑、秦可卿**。

現在我們就進入到從「風月寶鑑」這題目切入的領域了。

這個寶鑑就是佛語經常用以形容空幻——「鏡花水月」中的「鏡花」的這個部分。

這裡包括了第五回寶玉神遊太虛幻境之前的一段文字。仔細讀讀看，其中的象徵、譬喻和天馬行空的時空穿越，令人目眩神迷。我覺得就連得諾貝爾獎，寫《百年孤寂》的馬奎斯（Gabriel García Márquez 哥倫比亞 1927-2014）的魔幻寫實，也比不上我們的曹雪芹先生。

話說寶玉到他的侄媳婦，賈蓉的太太秦氏秦可卿（情・可親）房間裡，準備要小睡片刻。本來是要睡書房，他覺得那個書房太官僚氣了，不喜歡。於是他就讓秦可卿把他引到她的臥房去。

請大家注意一下這段描寫，他乍入秦氏臥房，就聞到一股細細甜香，令他眼餳骨軟，連說好香。入房向壁上一看，有唐伯虎畫的「海棠春睡圖」，兩邊有宋代學士秦太虛的一副對聯，秦太虛就是秦觀——「情關」耶，寶玉自此入了情關。

這地方請你特別注意，文中說到「案上設著武則天當日鏡室中的寶鏡」。

好，然後下面所有歷代的美人全都出現了：一邊擺著趙飛燕立舞的金盤；哇，是曾經有纖腰如柳、迷倒西漢成帝的舞女跳過舞的金盤耶！

哇，還有，盤內居然盛著安祿山擲傷過太真乳的木瓜，那「祿山爪」與「玉環乳」

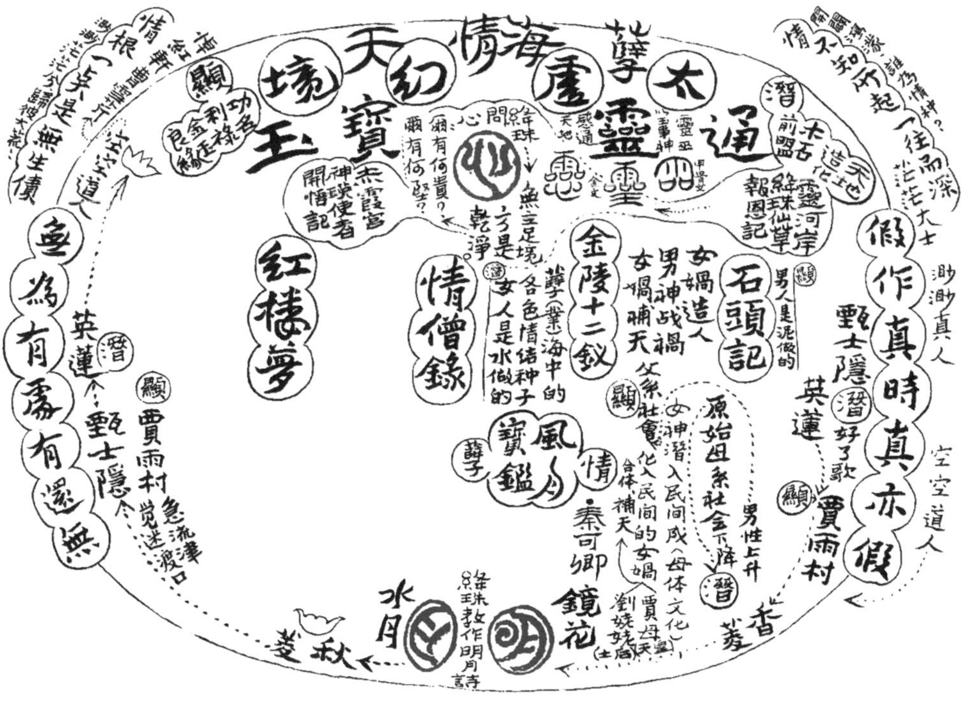

圖檔二十四A 風月寶鑑、秦可卿

又是唐代宮闈中何等豔事……

我們再看下面又說到有唐代壽昌公主的床榻。傳說這位公主在榻上睡覺的時候，一片芳香潔白梅花掉在她的額頭上，簡直美極了，從此成為當時貴婦的時尚，大家化妝都在額上點一朵花。再看看，又有唐代同昌公主結婚用過的寶帳，完全是用珍珠串成的。

全都是歷史上絕世美人的用具。寶玉笑說：好、好、好、這裡好極了！秦氏也笑著說：我這個地方神仙都住得了。再看看下面還有什麼美人的典故？

哇，是春秋時代越國的西施啊。寶玉蓋什麼被子？原來是展開了西施浣過的輕紗，給他當被子蓋。用什麼作枕頭？是元代《西廂記》裡俏丫鬟紅娘抱過的鴛鴦枕……這是什麼世界？天哪！就連馬奎斯也寫不出來啊。

然後，大家服侍他睡好了之後，都幹嘛去了？襲人、晴雯、麝月、秋紋四個丫頭為伴，秦氏叫她們好生在簷下看貓兒打架……這在說什麼啊？

好，下面就是剛才講的「金陵十二釵」的正副冊本，都是寶玉去「太虛幻境」夢中所遇見。

然後寶玉初試雲雨情。他與警幻仙子的妹妹叫做「可卿‧兼美——兼有黛玉、寶釵之美」的女性，在夢中做愛。這也可以算是另外一段《牡丹亭》中的〈遊園‧驚夢〉了。然而我要說的是，在這個魔幻寫實劇場中，其實從一開場就擺設了非常重要的象徵性道具，就是「武則天鏡室裡的鏡子」。

對不起，我請問：你覺得那鏡子是代表什麼意思？我探究一般的注釋，都認為是指涉穢亂宮廷的春宮之鏡，就是性愛的鏡子。我認為不是欸。

我剛才就講了《華嚴經》是武則天在位的時候，愛好佛法的她親自督促僧侶譯成了《八十華嚴》巨著。

學佛的朋友，大概都讀過那段〈開經偈〉吧：

無上甚深微妙法，百千萬劫難遭遇；
我今見聞得受持，願解如來真實義。

這個〈開經偈〉千百年來，沒有人覺得可以更改一個字，便是武則天為《八十華嚴》

的譯成，以及她對佛法的感動而撰寫的。

《華嚴經》在中國是頂尖的佛法巨著。武則天深愛《華嚴經》，就請問法藏（賢首）國師說：可不可以為我解說一下，所謂的華嚴境界是什麼狀態？

法藏國師說：讓我好好的想一想，過幾天我再向皇上解釋。

法藏國師到間房裡設了一個鏡室，他叫人搬來十面鏡子，分別包圍了八方及上下；然後讓房間黑著，請皇帝進來。等武則天進去以後，法藏國師就點燃起一支蠟燭。

各位可以想像那個情景，八方上下的十面鏡子，彼此重複反射，而每一面鏡子都折射出所有其他鏡子，那是一個無量無邊、重重無盡的世界。

燭光照耀下的鏡室景象，一就是一切，當然，武則天也看到自己化作無數重複的影像，而每一個都不一樣，因為每一個鏡片所呈現的現象、與它的角度位置，全都不一樣，而它又全都是一樣的。

最後，這個法藏國師從懷中拿出一個寶珠，這只不過是一個圓形珠子而已，然而所有鏡子無窮盡的重疊、反覆光影竟然全部都收攝到這顆寶珠中。

這顆寶珠代表我們的心性本質：一即一切，一切即一。

法藏國師藉著在鏡室中的示範向武則天說：我這只是稍微、概略的說明一下華嚴境界而已。

如此，我們就可以回到第五回賈寶玉在秦可卿臥室裡，所見到的「武則天當日鏡室裡寶鏡」了。原來這孽海情天中這麼多的美人，全是從一個無窮的心海中幻化出來的；每一個就是一切，一切它又是一，它是一個無窮盡的反覆投影。你看，從西施到紅娘……所有的美人一一的全現身出來。這是無涯際的、情與美的全體世界。

作家劉俊為白先勇寫傳記，題目叫做「情與美」。好極了，怎麼會把名字取得這麼好。等一下我會介紹愛神丘比特給你們，丘比特的媽媽是誰？維納斯 Venus，美神欸！如果沒有這些個美人的話，又怎麼會有愛神的箭射過來呢？

就是這樣，當這情與美一牽動，就是把整個宇宙心靈暗物質跟暗能量牽引、呈現成無窮現象，可以讓我們來迷醉或參究的時候。

人類潛意識的機關就在一個「情」字跟一個「情動」上。這也是心靈非常危險的懸崖絕壁，可以一躍而粉身碎骨，所以我們唐末的詩人李義山說：「**春心莫共花爭發，一寸相思一寸灰。**」哇，好慘哦！

好，我就再說說這面鏡子：剛才一講到「風月寶鑑」，大家或許立刻會想到的是第十二回賈瑞病中從遊方道士得到治病用的鏡子，對不對？見**圖檔二十四B** **風月寶鑑、賈瑞、賈寶玉**。

賈瑞對王熙鳳起色心而蓄意調戲她，表現出人性中屬於皮肉的、濫淫的領域，可是你也不會覺得他多麼可惡，碰到那麼刁鑽、機靈、多計謀的王熙鳳，他只是自討苦吃、倒楣而已，搞了一個狗吃屎，又生起重病。

這時來了一個道士，給他一面正反皆可照人的鏡子，說是出自太虛幻境警幻仙子所製的「風月寶鑑」，專治邪思妄動之症，可是只能照反面，不能照正面。

賈瑞便依言去看反面，唉喲好恐怖，是骨頭、骨頭、骨頭，一具可怕骷髏；當他趕緊看鏡子正面，卻是美人王熙鳳向他招手，哇，就忙不迭進去跟她雲雨一番。

「風月寶鑑」反覆照看，這一喜一嚇、又一嚇一喜，就是情慾的兩極，要了賈瑞的命。

由「風月寶鑑」美人與骷髏、愛欲與死亡的強烈對比，讓我想到藏傳的密教。

密教中崇拜神靈，往往把同尊神祇一分為二，成為對立面的寧靜相與忿怒相；我們都覺得美美的、寧靜的神像，還有如可怕惡鬼般憤怒相的神像。此二者同樣都可能是你的保護神。

你要真的懂得保護神對立的雙面性質，才算是得到保庇。

所以賈瑞這樣把鏡子顛過來、倒過去看的時候，他不明究理，總是貪戀美人的部分而摒棄、逃避那具骷髏；其實二者是同一現象的兩面。他不能從「風月寶鑑」得到救濟和啟悟，只能慕色而亡。所以多少你會覺得賈瑞也怪可憐的，對不對？

那我們再下來看的鏡子就神祕了。《紅樓夢》中除了「水月」，還有很多「鏡花」，都是我們一一要參究的地方。

好，話說第四十一回劉姥姥遊大觀園喝醉酒，糊裡糊塗兜轉到廁所拉了屎以後，

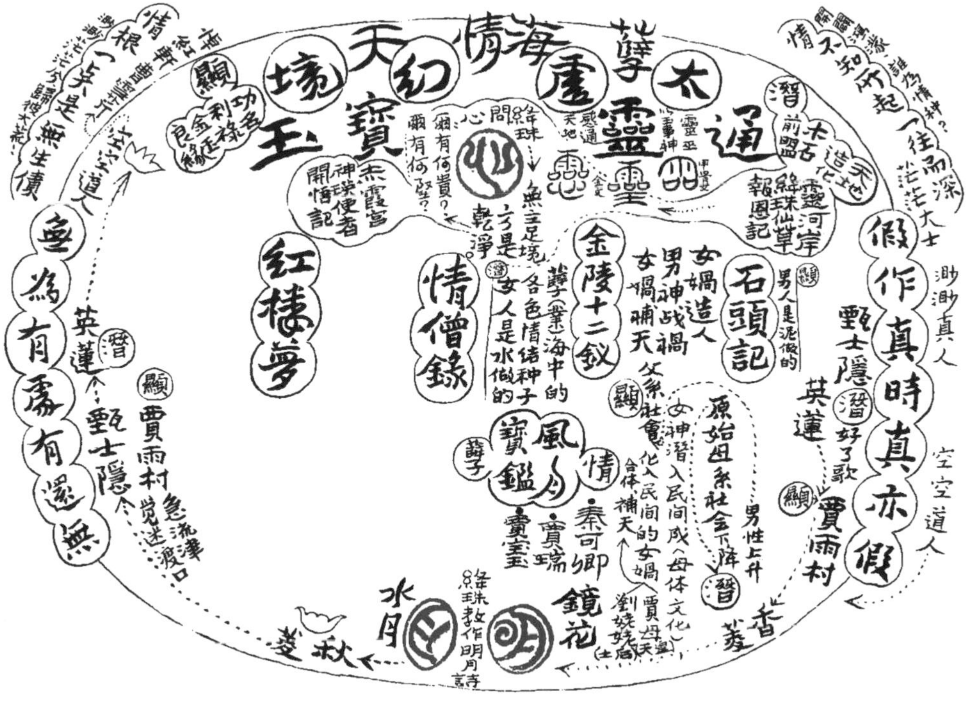

圖檔二十四B 風月寶鑑、賈瑞、賈寶玉

不辨方向迷了路，居然闖到賈寶玉的怡紅院裡去。

唉呦，那是個什麼神仙的住處？才進屋，她看看，怎麼看到她的親家母也來啦？這個親家母怎麼穿著奇怪，頭上還插了一堆花？她就說：親家母妳也來啦。正待伸手去摸她，竟摸到親家母的臉是冰涼挺硬的，嚇一大跳；原來眼前，便是有種東西叫做「鏡子」。

所以我們知道寶玉房間裡就有一面鏡子。且讓我們看看寶玉的鏡子與「風月寶鑑」的雙重意象有何關聯？

早先在第三十九回，劉姥姥初次被引見至賈母房中。不只二人相晤甚歡，一屋子的人，也都被劉姥姥口中的鄉野閒話所吸引。大夥要求：説個故事給我們聽聽吧。當時賈母也在，寶玉、丫頭、女孩們也都在場。

劉姥姥可真機靈。在鄉下，沒什麼消遣處，就要靠這些天生有見識的老先生、老太太，不識字的大娘們，他們就會信口開河編出一套又一套的故事來逗你開心，這才叫做民間藝術。

劉姥姥立刻就開始講了。她就隨便想一想就說：那年下得好大雪，地下壓了三四尺深。我那日早起，在家裡就聽到外面好像稀哩嚇嚕的有聲音，彷佛聽到外邊柴草響，可是有人來偷柴草嗎？然後我就想：欸，看看到底是……巴著窗戶眼向外瞧，賈母就接口說：一定是有過路人覺得天氣太冷了，抽一點柴火取暖吧？

那結果呢，那個劉姥姥居然說：我這一看，唉喲，不得了了，是一個非常漂亮、十六七歲，穿著一身大紅襖（又是紅）、白綾裙的小女孩，真是標致。

劉姥姥正講到這時候，突然外頭有人嚷嚷說：走水了！走水了！

你們知道什麼叫「走水了」嗎？就是失火了的意思。賈母大驚道：唉呀！不得了！不得了！在小說裡，這個其實是一個禍起蕭牆的預告，也就是整個賈府未來將被「抄家」的預告。

劉姥姥「紅襖女孩」的故事被「失火」的突發事件打斷。賈母和一群人都跑出來看狀況。

此時已經有人來安撫了，說道：已經解決了，好了，那火救好了。雖然火已經及時撲滅，那賈母還是惴惴地說：我最怕、最怕就是這件事情。大眾見平安無事，回房就坐。

賈寶玉雖然剛才看到冒煙，也不覺得失火有什麼可怕，就又黏著劉姥姥，追問剛才的故事：欸，那個女孩呢？為什麼在大雪地裡抽柴草呢？不怕凍出病來嗎？賈母聽到生氣地說：你還在講那個女孩呢，就是因為講那個女孩抽柴火，所以我們失火了。

我們讀到這裡，好像以為賈母是迷信，其實都是預告。到頭來，真的不曉得是誰偷抽了柴草，就真的是燃起抄家的大火來。賈母一語成讖，近乎通靈。

劉姥姥一聽不敢多講，但過不了多久，寶玉逮著機會，又繼續追問故事的下文。因為凡是聽到相關於美麗的女孩的事情，寶玉都是絕對不肯放過的。這也就是「風月寶鑑」中屬於誘人美色的一面。

然後呢，劉姥姥就又開始編故事，說那紅衣女孩原來不是普通凡人。劉姥姥說：從前有一個員外，他年老得女，愛得像掌上明珠一樣。她出落得美如天仙，可憐十七歲不到，就一病死了。賈寶玉聽了，十分惋嘆。劉姥姥看他惋嘆，就順著他繼續講下去，就說：不過啊，家裡人也是很懷念、惦記她，就給她蓋了一座姑娘廟；常常上香、供鮮果，侍奉得好好的。可是因為年深日久，慢慢的這個廟就敗壞了，姑娘的塑像也坍塌了，只剩下一個泥胎，她就成了精了。這便是雪地裡紅襖姑娘的來由。

賈寶玉聽了忙說：不可以這樣講。照理說，這種女孩是不死的，不是精。那個劉姥姥一聽馬上改口，她說：噢，這樣講就對了，你這樣講我就明白。不然的話，村民還說要人拿鐵錘去，把這個泥胎給錘掉呢。倒應該好好修復她才對。

賈寶玉立刻就講：我們家常常出錢布施這些修廟塑神的事情，你們就該去好好的把這個廟給重新修了。私下裡，寶玉招呼他的侍童茗煙到劉姥姥講的地方，去找那個姑娘廟去。

這個也涉及「風月寶鑑」的另一面哦，你們要注意啊。

話說茗煙拿了錢，準備要去布施、修廟。他到處去找，根本就沒有這個地方，原來全都是劉姥姥信口瞎掰的。結果茗煙來到荒郊野地，終於找到一間廟，好像有點像劉姥姥所描述：廟口朝南、半頹的一間廟。

他說：正要進去看那個姑娘塑像的時候，嚇一大跳，哪有什麼姑娘，是尊青面紅髮的瘟神！

這便是「風月寶鑑」的兩面——美人與瘟神，愛欲和死亡，人生最強烈的兩極。

在前面說到賈瑞的「風月寶鑑」只描述在皮肉之慾上，而此處寶玉卻追尋傳說中的美麗精靈，尊之為神，是一份精神之愛。有趣的是，劉姥姥還把這故事女主人取名為「若玉」——可不是又與「通靈寶玉」相關嘛。

好，那這個地方我們再來看看藏傳、密教的神祇就很有意思了。也就是剛才談過密宗法門裡的護法神，包括了寂靜尊、及忿怒尊雙重面貌。

我相信這也是《紅樓夢》裡講的孽海跟情天的兩極化象徵。孽海裡面會發生很多風雲不測、可怕的事情；而情天卻可以是超越的、寧靜的晴徹天宇。就譬如說第一百十一回鴛鴦上吊，她臨死前是秦可卿鬼魂引導她去上吊的。如果看《紅樓夢》就知道，秦可卿對鴛鴦說：來，我們回到那個太虛幻境、孽海情天那邊去報到。鴛鴦講：我這輩子沒有談過愛，也未有情慾之事，我這個算有情嗎？

秦可卿說：妳這未發之情，如花之含苞，未沾塵穢，才是真情，是可以超出孽海直接提升到情天去的。

在這裡我們就 **圖檔二十五** **寂靜尊與忿怒尊**，來看一看：密宗中極端相對的寂靜尊和忿怒尊。

這是寂靜尊，密宗裡的觀世音菩薩——見**圖檔二十五A** **寂靜尊**四臂觀音，基本上祂就是一位美麗、安靜，準備要救助你的形象。

好，下一張。

這是大黑天，**圖檔二十五B** **忿怒尊**頭上帶著五具骷髏，血盆大口，腳底下踩著鬼，身體有六個手臂。

祂的頭上五骷髏，代表了人類情緒的貪、嗔、痴、慢、嫉，所謂「五毒」，也正是我們生命中所有苦惱的來源。

你知道這個大黑天的家世嗎？我告訴你，祂是千手千眼觀音的化身。換句話說，祂也就是千手千眼觀音。

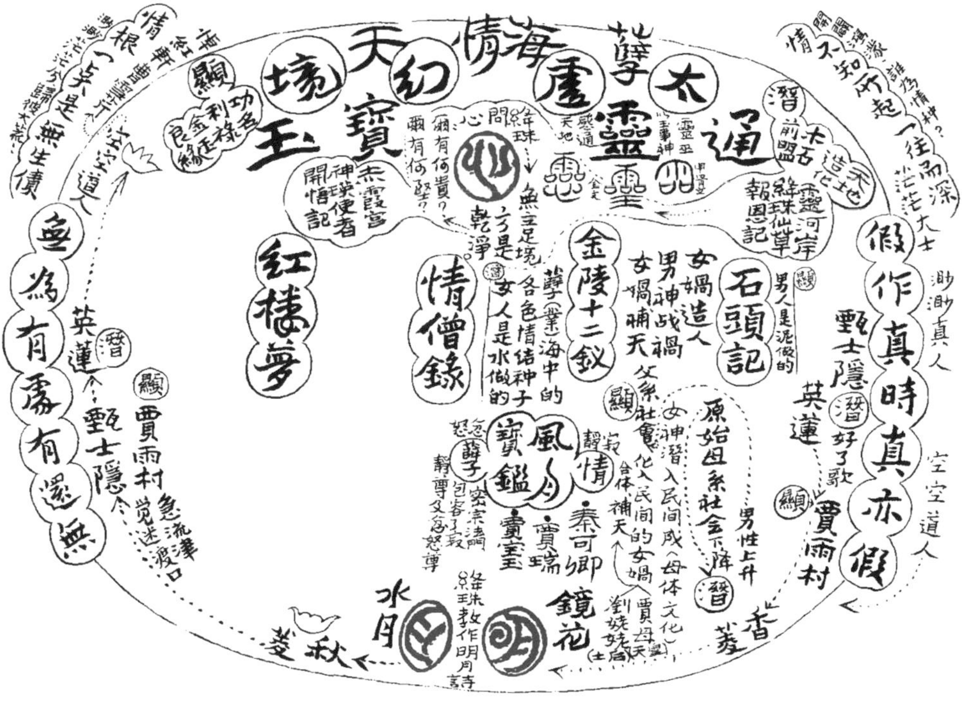

圖檔二十五 寂靜尊與忿怒尊

圖檔二十五 A 寂靜尊（觀音）

觀音怎麼會是一副魔鬼相呢？原來，祂就是比你的貪、嗔、痴、慢、嫉的鬼還要凶的鬼，你如果一旦在心裡認出祂，好好供養、啟動祂，祂就是你的大護法，可以用祂的兇惡把你的心魔消除得一乾二淨。這是一個非常善巧的心理學：從此你可以不再怕鬼，因為你有比鬼還要凶的鬼。這就是密宗相反相成、轉煩惱為菩提的法門，非常微妙。

那我們再看下一張圖片——「愛染明王」。你們要睜大眼睛看喔，如果我說祂就是賈寶玉的話，你們一定會很生氣，寶玉哪有這麼醜？

這尊是唐代密宗神祇，傳到日本去以後，中國差不多失傳了，藏傳地區也不太認識

圖檔二十五B 忿怒尊（大黑天）

祂。愛染明王代表我們愛情兇猛、獰惡的一面，見**圖檔二十五C** **忿怒尊**。祂好像太陽一樣發出熾熱、火紅的光，而我們的賈寶玉在做為神瑛侍者的前世中，不正也是住在「赤霞宮」宮中嗎？

愛染明王通身赤霞籠罩，共有六臂。其中一雙，左右手拿著弓與箭，就彷彿是愛神邱比特的箭了；另外一雙，握著拳頭與蓮花；第三雙手上拿著鈴與杵，是為悲智雙運。

慈悲跟智慧，請各位猜一猜，這金剛鈴是代表哪一個？（智慧）對了。這個金剛杵呢？（慈悲）對了。

我覺得很有意思，悲智雙運也牽連到紅樓夢神話結構，鈴聲讓你清醒、讓你從大夢中醒過來，代表了佛家的智慧。至於這金剛杵是無堅不摧的武器，為什麼要說它是慈悲呢？

我想恐怕擊開人性中頑強我執的那種衝撞與痛苦，就是佛家所謂「苦是入道門」、「無煩惱不成菩提」的大慈悲所在了。

作為愛神的這個「愛染明王」，祂在密教裡的典故也非常有趣，可以當做公案來參一參。

話說有一天佛陀在說法的時候，座中都是菩薩。突然，奇怪了，為什麼好端端的，所有的人都好像喝醉了酒呢？此時只有佛陀明白其中的奧妙，佛陀微笑說：是愛染明王到了。

愛神的箭飛來了。可是祂從哪裡來，你不知道。所以大家奇怪，怎麼都覺得這麼陶醉呢？我們大家不都是就在追尋這種陶醉嗎？

可是當佛陀這樣的即時指示出真相，便是有止有觀的「止觀」。就是：我告訴你，你要看清楚！如此的正念覺照是非常凌厲透徹的。

所以愛染明王即刻在座中現身了。這個呈忿怒相的愛染明王，其實是一個很強大的靈。

我們現在看下一幀圖像。當佛陀以覺觀和語言點破了愛的陶醉和迷惘後，愛染明王立刻轉化成了寧靜相，變成這尊叫做「金剛薩埵」的、非常優秀、高級的大菩薩，見**圖檔二十五D** **寧靜尊**。同時在座所有打瞌睡、陶陶然的這些小菩薩們，全部升級為金剛薩埵。你看厲害不厲害。

圖檔二十五C 忿怒尊（愛染明王）

所以呢，這就是佛教無上甚深微妙法，也就是我們怎麼樣能夠看清楚自己——觀自在；又如同古希臘阿波羅神殿裡的神喻：「認識你自己！」

當你認識你自己的時候，「明心見性」的證悟出現了：原來此（忿怒尊）就是彼（寧靜尊），這兩個是一體的，你再也不會顛倒夢想、怖畏無常了。於是你可以知道如何抉擇、創造，並且從夢中醒覺。

以上所說，便是探討「風月寶鑑」在《紅樓夢》中的象徵性。

圖檔二十五D 寂靜尊（金剛薩埵）

現在我們來看「情僧錄」這劇目。見**圖檔二十六　情僧錄、妙玉、惜春、寶玉**。

「情僧錄」的部分，這本小說裡包括妙玉、惜春和寶玉等角色，走向佛法「明心見性」的道途。

首先我們要知道修行的見地是要層層提升的。如果修大乘，就有十地菩薩一層層升高的階梯；也即是把心不斷打開，以至於盡除私欲障礙的「無我」之路。人們如果缺乏正見，常常成為自以為是卻走偏了路的修行。譬如說像妙玉，她看到劉姥姥那樣一個鄉下老太婆飲用了她的茶杯，嫌她髒，就連茶杯都不要了。她自求清淨，一心向佛，晚上總是打坐，也不太跟俗人來往……可是沒想到，在那清冷、白茫茫下雪的冬天，她禪房外面開遍了紅梅，那都是熱情的象徵啊。想用冰雪來壓掉熱情，選取花瓣裡的積雪來泡茶；妙玉執著清淨到那個地步，所以她看到俗人都是很討厭的。

誠如先勇所說，妙玉只跟兩個人比較有來往，一個就是惜春，因為惜春從一開始就想出家；另外一個就是寶玉，她其實是滿傾心於寶玉的。

妙玉的修行，就只限於一般世俗化佛法、天人福報的層面而已，就是以為把世間法的那些穢濁的事物排除，就可以進入清淨解脫的世界裡去了。這就與剛才講的修行不同，也就是說當你要光明（寧靜尊）的時候，你有沒有同時了解並包容了黑暗（忿怒尊）；你沒有啊，結果你的修行就走偏了。

妙玉以為她在修行，她雖然想划船渡到彼岸而用力搖櫓，然而由於她抱著一個固定的椿子不放，結果船始終停留原處，這就是所謂的「抱椿搖櫓」。她的玉潔冰清以及她潔癖的世界，就是妙玉修行的障礙。結果她修成了什麼呢？只是滯留在六道輪迴中上層的「天人界」，因為她積累德行，所以也可以過優雅的天人生活；可是一旦善業耗盡，從天人的境界墮落下來，因為猝不及防、你會突然驚覺：我頭

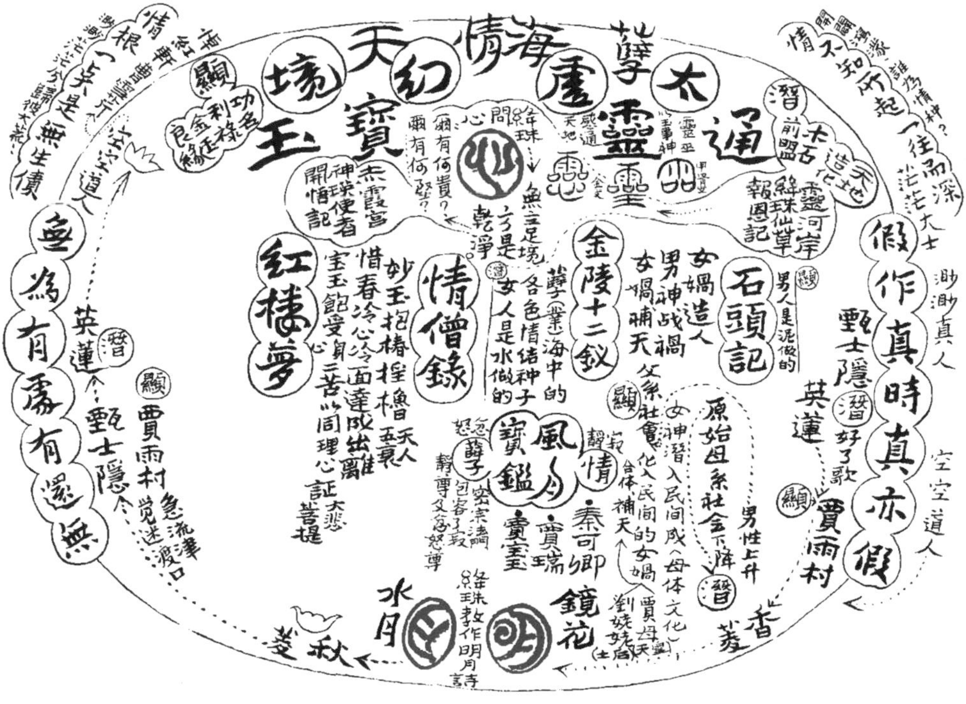

圖檔二十六 情僧錄、妙玉、惜春、寶玉

上的鮮花怎麼枯萎了？我身上怎麼都髒了？我怎麼會渾身淌汗？為什麼我身上臭臭的呢？為什麼我坐立不安？過慣好日子的人，就會覺得非常恐慌起來：為什麼忽然之間自己頭髮也白了，美貌也不見了，身體也衰敗了……這叫做「天人五衰」。

妙玉離開悟還有好大一段距離呢，她只修到「天人道」而已。

那麼惜春呢？先勇，你能講一講「勘破三春景不長」的惜春嗎？

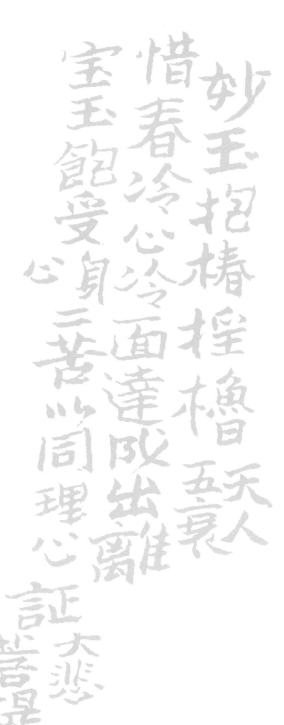

白先勇：

惜春在《紅樓夢》裡雖然是所謂的 minor character，是個次要人物，可是在點題方面，她很重要。

其實《紅樓夢》裡面有「四春」——元春、迎春、探春、最後才是惜春（原應歎息），對不對？

秦氏死了以後，變成鬼魂，她就跟那個王熙鳳講：我們賈家已經過了一百年了，總有衰敗的時候。我給你一句話：「三春去後諸芳盡，各自須尋各自門」。

三春——元春、迎春、探春，元春死了，迎春也磨死了，探春呢遠嫁了，也離開了；最後惜春收尾，出家了、入了空門。

王國維評說：《紅樓夢》裡面有好幾個出家的人。寶玉出家要經過好多生關死劫，像唐玄奘取經一樣，經過九九八十一劫，才得到正果。唯有惜春，沒有經過任何苦難，就能毅然出離紅塵，是不尋常的舉動。

惜春會畫畫，她畫什麼？她畫大觀園，對不對？所以她老早就跳出大觀園、早已經走到檻外了。她看到的是大觀園裡紅塵滾滾的芸芸眾生，而她自己老早已經退開了。

所以王國維說她出家是最徹底的。這是王國維講的，等一下奚淞可能還不以為然、他有其他看法。

惜春說她先要斬斷眼前一切的情，我覺得《紅樓夢》寫得最好的一段有關入世和出世之間的對話，就是她跟她嫂嫂尤氏在第七十四回的一段吵架，兩人吵得很凶。惜春說：我乾乾淨淨的人，為什麼給你們汙染了。你們不要來吵我。尤氏氣得不得了，就說：你是小姐，以後不來沾染你。

惜春說：你就不懂了。到頭來，父子之間亦不能有所勖助，何況你我，我們倆之間你也不能幫我，我不能幫你。

尤氏忿忿然說：好了，那以後我不來了。尤氏給她罵得落荒而逃。

她是先斬斷一切情的，這個惜春。

奚淞已經提出「情僧錄」題目，我稍微講講這個名字。本來《紅樓夢》裡面講的「情僧」是空空道人，他看了這個故事以後，就「由色入空」了，是吧。他講了一個色空道理，把他自己稱為情僧，也把「石頭記」改成「情僧錄」。

其實曹雪芹……不要被這位作者瞞過，「情僧」指的當然是賈寶玉嘛。我覺得他講

「情僧錄」，提出一個非常驚世的觀念；一般來說，有情不能成僧，對不對？成僧必須斷情，對不對？他說「情僧」這個詞，可能是第一次產生了這麼一個詞，所以很重要。「情僧錄」講的就是賈寶玉一生的故事。他是下凡、歷劫，然後成佛的，所以紅樓夢也叫「情僧錄」。關於惜春，奚淞你就再往下講吧。

奚淞：

惜春會畫畫。她耗費在畫大觀園的時間，比建大觀園的時間還要多。她尚且還要就中描繪出中間的每個角色。惜春的性格，應該是「十年辛苦不尋常」曹雪芹完成《紅樓夢》巨著、作家性格的一部分。

然而王國維認為《紅樓夢》中學佛出家的角色裡，以惜春最徹底，因為她並沒有實際受多少苦，就已看破了世間、遁入空門。

這看法我並不贊同，因為惜春所表現的冷心冷面、捨斷世事，有趨向於灰身滅智的危險，是並不符合中國大乘佛教理想的。

既然紅樓夢又名「情僧錄」。如果要在角色中尋找最符合「情僧」名字的，非賈寶玉莫屬。也只有他飽受身、心諸多苦楚，以愛心、同理心和包容力邁入大悲菩提的證悟。縱覽全書，可以說情僧就肯定是寶玉了。

關於賈寶玉如何在書中一步步走向「明心見性」道路的部分，就請先勇先說一說第二十二回寶釵生日聽戲曲，卻引動寶玉參禪的段落罷。

白先勇：

薛寶釵過生日是很前面的情節了。薛寶釵進入賈府，她會做人，又通人情世故，賈母很喜歡她。

她度十五歲生日，王熙鳳知道賈母喜歡她，就在老太太跟前說，那麼替寶姑娘做一個生日吧。賈母就說：那妳去問她，她愛看什麼戲，愛吃什麼東西……

《紅樓夢》裡面常常演戲。明清時代，很多富有家庭或官宦家庭都有戲班子的。那時候如果你請客沒有戲班子、不唱戲，那你就次人一等了。戲班子唱戲是當時所謂社會地位 social status 的表徵，就像現在你有個 mercedes-benz。

寶釵生日宴裡有戲班子，可以當場點戲。寶釵非常懂得人情世故，她曉得賈母喜歡熱鬧，她就點一齣熱鬧戲給賈母。又譬如她知道賈母老人家牙口不好，寶釵就點那些甜軟的點心。你說這樣的媳婦你要不要？

要是換了我們這林黛玉姑娘呢，她愛聽什麼、她愛吃什麼，她都不管別人的。

得知寶釵生日宴弄了一班戲來，那這個寶玉就對黛玉說：我們去看戲。

黛玉說：哼！你有本事，你弄個班子來給我看。她就不舒服了。可不是吃醋了、不舒服了。本來是她先進賈府，是最受寵的，怎麼跑出一個寶釵來，看起來好像比她人緣好。她不高興了，但是這個賈寶玉偏要拉著她去看戲。

看什麼戲呢？寶釵點了一齣〈醉打山門〉，講的什麼故事呢？《水滸傳》裡魯智深出家的故事。魯智深到五臺山出家，在廟裡面不守規矩，還是花和尚嘛，大酒大肉的吃，就被那個住持趕出去了。故事講的就是他離開寺廟後，穿著袈裟踽踽獨行。有一個折子形容他這一段際遇。這個曲牌「寄生草」裡邊有幾句是魯智深的自述，他說我「赤條條來去無牽掛」。

到最後《水滸傳》裡面那些英雄好漢，大部分最後都不得善終，魯智深是其中少數得到好結局的，他後來出家、成佛了。

《紅樓夢》裡面常常拿戲曲來點題，所以這齣戲呢，也就是在遙指寶玉出家、暗指以後寶玉光頭赤足、隨著一僧一道出家的時候，也就是「赤條條來去無牽掛」。所以寶玉一聽得「寄生草」曲牌中「赤條條來去無牽掛」句子，心中一觸，若有感應。

話說寶釵生日宴演戲過後，大家一路看下來，發現中間有個小旦角唱得很好，就召她過來領賞。王熙鳳看到小旦角容貌，就說：唉呀，你看看這個女孩子扮起來像誰呀？

大家都知道：像林姑娘。大家都曉得鳳姐所指，不過怕得罪她，誰都不敢講。因為黛玉的個性是很小心眼的，設若人家用小旦角來比喻她，豈不會生大氣。這時，偏碰到大剌剌的史湘雲，她是不管這一套的，她衝口而出：像林姐姐。當時寶玉不敢多話，只能瞪了史湘雲一眼。沒想到這一瞪眼也得罪了史姑娘了。看完戲以後，史湘雲就氣沖沖叫丫頭拿了衣包說：我們走！我們走！不要看人家臉色！

寶玉就說：唉呀，我怕妳得罪這個林黛玉，所以我才拿眼色暗地使妳。

那個史湘雲也氣了，她說：這些話我不要聽，你講給那個喜歡耍小性子的人去聽去。

就把他推出去了。這一推啊，寶玉跑到林黛玉那邊去了。哪知道林黛玉也把他推出來。

寶玉說：我沒講話啊、我沒得罪妳啊。

林黛玉說：你沒講，比講的還要壞！你跟這個史湘雲使眼色，當我還不知道嗎？你怕她得罪我是不是？她講她是侯門千金，難道我是民間丫頭不成？好了，這下子黛玉也把他推走！

寶玉這樣子兩邊不討好，回去他就寫了這麼一首禪詩……讓奚淞來解釋吧。

■奚淞：

寶玉要與女兒國中的眾女性產生同理心和連結，其實有很大的困難；就像是男性想要進入到女性、所謂母系社會的這個潛意識裡去啊，就譬如說「女人心、海底針」，如同海底撈針般不容易。

想要了解女人情性的本體，寶玉（神瑛侍者）殷勤地侍候她們，恨不得替她們擔當各種的痛苦，卻總是落到左右不是人的下場。此時寶玉剛好聽到魯智深戲曲唱詞：「赤條條來去無牽掛」。他就狠著心說，我也原該赤條條來去無牽掛，我幹嘛惹這許多苦處？

寶玉於是寫下禪句道：「**無我原非你，從他不解伊。肆行無礙憑來去，茫茫著甚悲愁喜，紛紛說甚親疏密？從前碌碌卻因何？到如今，回頭試想真無趣！**」

既然「我」是虛妄的執著，那「我」也不是「你」呀，那我怎麼能知道你在想什麼呢？寶玉禪詩所透露的心情是這樣的：「從他不解伊」從這個人的角度，也不能夠真正了解那個人的立場；那麼我從中搞來搞去，搞什麼鬼啊？看來我（神瑛侍者）真也是服侍不了這些人了，那還是出家去吧，我就走了，我這就捨離了。

當然這種心情下的寶玉，大也可以像後來的惜春一樣，冷心冷面出家去。他正擺出想出家做和尚姿勢的時候，就以為真的可以赤條條去「肆行無礙憑來去」——高興來就來、高興去就去，我幹嘛看你們眼色的模樣了。

然後他道是「茫茫著甚悲愁喜」，本來這個世界就是茫茫不實，我幹嘛執著這些喜怒哀樂的情緒。

「紛紛的」我要說我跟你比較好、跟他比較差等等；我們總是要比來比去「說什麼親疏密」。

「從前碌碌卻因何」我忙死了，我幹嘛？他說道：「如今回頭試想真無趣」。寶玉在偈句中擺出一副大家撂開手，誰也甭管誰的架式。

寶玉寫的偈句，由襲人傳給寶釵、湘雲、黛玉等人看。寶釵念那張寶玉寫的偈語，就笑了。寶釵其實是非常看重現世的人，所以她就說：唉呀，不能搞這個東西啊，這些佛法禪機是會轉移性情的，明兒若是認真說起這些瘋話，存了出家念頭，可就糟了。說著寶釵便把偈語撕碎，交給丫頭們燒了。

黛玉笑道：不該撕了，等我問他，包管叫他收了這個痴心。

這就回到前面談及絳珠仙子「問心」的主題了。關於日後寶玉歷經種種劫難、從苦痛中歷煉出與眾生同體的大悲心，進而出家。這就比惜春的厭離俗世、求取清淨更上一層樓，悟境大有不同。

下面一段黛玉以禪語機鋒逗引寶玉進入無話可說的迷情，便是絳珠仙子給予神瑛侍者的心靈棒喝了。

三個姑娘說著話，過來找寶玉。黛玉笑著說：寶玉啊，我問你「至貴者寶，至堅者玉；爾有何貴？爾有何堅？」

黛玉此言，宛如晴空霹靂，等於是直接探問生命的根源：「（寶玉）你是誰？」寶玉竟不能答，兩個人就笑了，寶玉該是茫然的傻笑罷。黛玉又說：這麼愚鈍的人，還參禪呢。

那湘雲也拍手笑道：這下子寶哥哥可輸了。

黛玉道：你剛才又說「無可云證，是立足境」。

寶玉先前偈語中有這句話，也就是說：我要撂開手了，這個才是我的立腳點；我現在就這樣決定，我就是會這樣做。不管你們什麼親疏密，什麼哀愁喜，我就自顧自走得遠遠的、赤條條來去無牽掛。

對不起，到這個時候，你的執著裡還是少不了「我」欸；我說「我」不理你們了，這是「我」的主張，一切都是「我、我、我、我」。

所以黛玉便又抓住了寶玉的痛腳，她就說：你剛才說「無可云證，是立足境」，固然是好了，只是據我看來啊，還沒有盡善，我還要續兩句，寶玉，你聽清楚啊——「無立足境，方是乾淨」！

等一下我會請先勇講多一點，關於寶玉一次又一次身心所遭受的鎚擊和苦楚。他是在怎麼樣的慘痛情境，被那個冥冥命運中的金剛杵，從肉體到心靈打成什麼樣子，他才能真的光頭赤足，站在那個一無所有、冰冷、白茫茫的雪地上，便是黛玉以禪語推著他前往「無立足境，方是乾淨」的「無我」境界。

我們看下一段，這時候薛寶釵就掉她的書袋子，說起禪宗《六祖壇經》中惠能開悟的典故來了。我覺得黛玉跟寶玉之間是真正心靈交集，而寶釵提出來的是文字概念而已。下面就是《六祖壇經》裡相關於「明心見性」與傳衣缽的故事。

話說五祖弘忍年紀大了，要傳衣缽，就對弟子們說：你們各寫一個偈子，看看大家心性修養的深淺。大家都不敢寫，因為廟裡一向公認修行最好的學生是神秀，所以何必來出醜呢？就等神秀去寫吧。

神秀也很為難，覺得我如果寫偈子豈不是炫耀自己才能嗎，可是師父交代又不能不寫。所以呢，他就寫下一個偈子，見**圖檔二十七 神秀、惠能偈**：

身是菩提樹，心如明鏡台；
時時勤拂拭，莫使惹塵埃。

《世俗諦》

神秀偈

身是菩提樹
心如明鏡台
時時勤拂拭
莫使惹塵埃

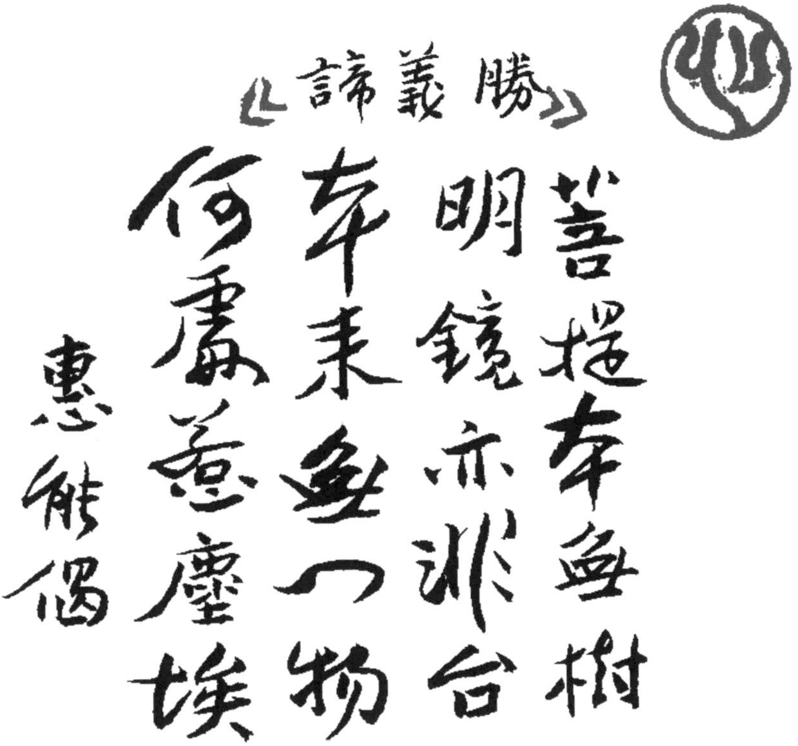
勝義諦
菩提本無樹
明鏡亦非台
本來無一物
何處惹塵埃
惠能偈

圖檔二十七 神秀、惠能偈

五祖弘忍看了神秀的偈子以後，就說：很好、很好。你們大家都照這個樣子去做，都是會有成就的。可他心裡並不滿意，因為這個偈子只說到緣起世間中「諸惡莫作，眾善奉行」的精進修行，尚未展現勝義諦中的心性本質。

這個時候廚房裡有一個不識字的雜務長工，就是後來得衣缽的六祖惠能，他得知神秀偈文後卻說：

菩提本無樹，明鏡亦非台；
本來無一物，何處惹塵埃？

這是「勝義諦」、「第一義諦」，就是說一切現象本質就是夢幻；「一切有為法，如露亦如電，如夢幻泡影」。既然如此，又何必苦苦執著在世俗諦上呢？

當五祖弘忍看到惠能請人替他寫在牆上的偈子後，他說：很不錯，只是仍有些不足，所以他就脫下鞋子，把它從牆上擦掉了。

是不足嗎？是的。

弘忍就跑到廚房去看舂米的惠能。那個景象我覺得很美，廚房裡，那位瘦小個的居士還沒有出家，衣衫簡樸，人又瘦小，因為踏碓需要體重，所以身上腰間綁著一塊大石頭。惠能就在那邊手拉著橫桿、兩腳一上一下地踏碓、舂米。

五祖就問他說：米舂熟了沒？這是禪語啊，意思是說：你修好了沒有？你見到心性了沒有？

回答也是禪語，惠能說：米熟了，只是欠篩。他意思是說，尚欠師父印心啊。

好，弘忍就以手杖敲擊了那碓三下就走了。

惠能會意，於是他半夜三更跑到方丈室，去找弘忍。這個也是精采，弘忍拿袈裟把二人周圍圍起來，幹嘛？密傳。傳什麼密？也不過就是《金剛經》罷了。

當初惠能就是因為聽說弘忍在講《金剛經》，他才千里迢迢跑到這邊來做苦工的，當然平常也聽過《金剛經》、也知道《金剛經》了，可是畢竟不算是師父口耳相傳、以心印心地傳法。當惠能聽師父講到「**應無所住而生其心**」的時候，明白了弘忍何以說他四句偈好雖好，猶未盡善的緣故，當下大悟。

「菩提本無樹，明鏡亦非台；本來無一物，何處惹塵埃。」確實已傳達了勝義空，了無罣礙，但在真空本體中，尚未指涉與空性相應的一切妙有。

真空含藏了萬有，就好像一面鏡子前面，種種鏡花水月、繽紛萬象，全都是有的。「應無所住而生其心」，所謂「生其心」就是說心性會自然顯現出一切情境的生滅相，並不是一無所有啊。

就此「空有不二」、「真空妙有」的領會，使惠能的「明心見性」抵達成熟境界。惠能以五句的驚嘆語，見圖檔二十八**自性偈**，充分透徹地說明了如來「自性」全體本質。這便是《六祖壇經》中所記載的：「惠能言下大悟——一切萬法，不離自性！遂啟祖言：『**何期自性本自清淨！何期自性本不生滅！何期自性本自具足！何期自性本無動搖！何期自性能生萬法！**』……」

從紅樓夢又別名「情僧錄」的題目來看，涉及佛法修行的角色包括了妙玉、惜春、寶玉等人。

從修行佛法的層次而言，妙玉的努力是不足的，「**欲潔何曾潔，云空未必空；可憐金玉質，終陷淖泥中。**」她的修行自限於「天人道」中，不免落入「天人五衰」下場。

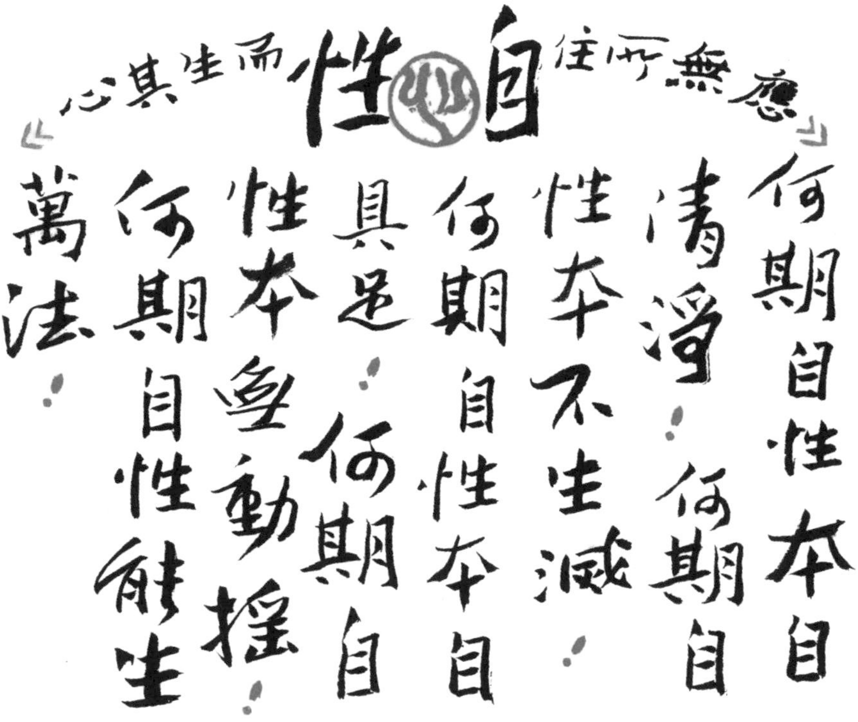
《應無所住而生其心》
自性
何期自性本自清淨
何期自性本不生滅
何期自性本自具足
何期自性本無動搖
何期自性能生萬法

圖檔二十八 自性偈

至於說到惜春出家「勘破三春景不長，緇衣頓改昔年妝；可憐繡戶侯門女，獨臥青燈古佛旁！」她的毅然出離紅塵，從北傳大乘佛法觀點來看，不免落入小乘自囿境界，有灰身滅智、落入斷滅的危險。

相較於妙玉的「天人道」，惜春的「灰身滅智」，可以看到《紅樓夢》全劇中，連結了所有重要的角色和情節，可以說是如悉達多太子「四門出遊」般，親身體驗人生之種種苦迫，最後走上出家之路，寶玉的生命歷程是與妙玉、惜春等人大不相同的。

就在這樣的情況下，寶玉飽受身心二苦，終於以同理心證大悲菩提，這個時候先勇可不可以跟我們講一講：諸如寶玉因為金釧兒投井、因為琪官離開王府而遭受到父親痛打到皮開肉綻、肉體劇烈的痛苦外，寶玉在心理上所受的折磨，簡直是說不完的……先勇，你來說說關於晴雯之死或黛玉焚稿等悲慘的情境。

白先勇：

寶玉最後出家成佛，就像我那個比喻：他就像唐玄奘，必須經過九九八十一劫，要被蜘蛛精啊什麼的，整天要吃他的肉，要經過這麼多的生關死劫，最後才能夠成佛。

寶玉經過生關死劫的時候，大家記得吧，秦可卿死的時候，寶玉聽得秦可卿死訊，吐出一口鮮血。這就很奇怪了，有的人就說，寶玉也許跟秦可卿有什麼曖昧的關係。不可能！

他跟她的複製 replica 的夢中情人兼美、秦可卿的分身有過這麼一段雲雨情，但現實上不可能跟她有過任何曖昧關係。那麼，為什麼他一下子鮮血吐出來？

秦可卿，她兼有黛玉跟寶釵之美，所有女性的美在她身上，她是賈府裡面最受寵的第三代，是第一得意人。而且她處身賈府極盛的時候，一下子死掉，她死的時候，賈府裡邊雲板四聲，蹦、蹦、蹦、蹦敲四聲，喪音。這也表示說：人生的盛況無常、靠不住。我想寶玉對於秦可卿之死，這麼一個美人、得意人，在這時候一下子死掉。

我想就像那個悉達多太子，他出四門的時候，眼見老病死苦，為之震撼。寶玉第一次碰到死亡，秦可卿之死給他無常的感覺，所謂的「彩雲易散琉璃脆」。最美的東西也是最脆弱的，也是繁華易盡、最容易消逝的。秦可卿死了。沒多久，他的弟弟秦鐘，跟寶玉感情很好的秦鐘也死了。秦鐘長得很漂亮、很美，而且有女性美。

所以呢，這兩個人，一個剛剛我們講的，寶玉是在秦可卿的臥房裡作了一個春夢的，是不是啊？這兩個人，別忘了他們姓秦啊，「秦」跟「情」是同音的。你看這兩個又是姊弟手足，是情的一體二面。啟發寶玉對於男性和女性生情的兩個人，一下子就死掉，我想對寶玉來說，那是離世入佛的第一步。世界上有這個東西啊，無常！在這兩個人身上，全都看見了。

後來經歷的無常，我覺得對寶玉刺激很大的，那是晴雯。晴雯之死那段，是我想《紅樓夢》裡面寫得最動人的一段，寶玉一生，對於那些女孩子，他最大的愛憐、悲憫，都得起於晴雯之死。晴雯是誰？晴雯就是黛玉的影子；晴雯之死也是遙指黛玉之死。

晴雯你曉得她的眉眼像林妹妹嘛，削肩水蛇腰，一個女孩子蛇腰已經不得了了，水蛇腰，你說美到什麼地步，對吧？所以這個水蛇腰死掉了。你看看這無常，美人……晴雯跟寶玉也有一種知己之感，就跟黛玉一樣，心靈是互通的。

最後當然寶玉心靈重負所壓上的最後一根稻草，那就是黛玉之死！一連串生關死劫，經歷了這些以後，寶玉他再一度又到這個太虛幻境去，這個時候他明白了。原來所有他身邊的女孩子命運都是前定，人生的命運是不可預測的。所以他從太虛幻境醒來的時候，他已經醒悟了，性情完完全全變掉了，乃至於最後他的大出離、成佛。

我想這個時候讓奚淞來講講「寶玉出家」吧。

奚淞：

現在讓我們一起從「夢幻劇」中醒來。也即是先勇方才所言，一切痛苦的歷練，導致寶玉最終的醒悟。

就連曹雪芹先生在《紅樓夢》第一回起首、第一段文字，便提醒讀者，務必注意通篇中所用「夢」、「幻」等字，都是此書的本旨。

現在讓我們看看 **圖檔二十九** **紅樓夢、寶玉出家**——夢幻舞台上五則劇目都已完成。此時，就讓我們進入最末劇目「紅樓夢」段落……

當初在大觀園裡，寶玉跟幾個姊妹們在鬥禪機的時候，事實上已經涉及到那個《六祖壇經》裡六祖惠能明心見性、悟及自性身的部分了。似乎大家藉著小兒女的頭腦的聰明也可以想一想說：這個我也可以悟，這個我也可以這樣做。

事實上要認識「開悟」，用頭腦去想也不是那麼困難；包括我們學佛讀經時說：唉呀，我明白了，我知道這些偈語的意思。

可是就連六祖惠能傳受到衣鉢以後，也仍然有所不足。禪宗學人評述道：沒有明心見性之前，如喪考妣；開悟以後，還是如喪考妣。為什麼呢？

因為開悟也只是另一段修行的開始而已。就是「佛道可以頓悟；可是見道之後，還得漸修。」你明明知道你自己本初的心是清淨的，可是你生生世世所累積的業力障礙有多深啊、有多少業力要還哪！

所以黛玉於二十二回在「問心」段落道：一直要錘鍊再錘鍊，直到你沒有立足境的時候，你才算修行乾淨。在密宗佛教中，就像是真的要用那個金剛杵打了又打、錘了又錘，寶玉在三十三回中屁股被賈政打爛了以後，林妹妹偷偷去探望，問道：你痛不痛啊？

看到林妹妹來，他連屁股都不痛了；他說妳來了，我就好了。事實上林妹妹教他說你以後不要再做這樣的事情了。身體的痛，就佛法說「苦聖諦」而言，這種熬煉還是不足的。事實上你還有心靈上的種種無明障礙，必得靠日後黛玉對他不斷「抛紅豆、

抛紅豆、抛紅豆……」對寶玉生命一次又一次的撞擊，一直撞擊到他「無立足境」為止，那就要到第一百二十回，他光頭赤足，立於白茫茫一片雪地、心靈完全純淨無染的境界了。

話說六祖惠能在開悟、得衣缽後，連夜離開了五祖弘忍的寺廟。《六祖壇經》中，他隱姓埋名到南方的獵人窩裡，足足隱藏了十多年的時間。這段隱修的時間非常重要。佛道需要漸修，漫長歷煉中才能夠肯定自己的障礙是一點點的消除了，得以一步比一步的明白他原來在開悟時口說的《自性偈》五句：「何期自性本自清淨！」「何其自性本不生滅！」「何期自性本自

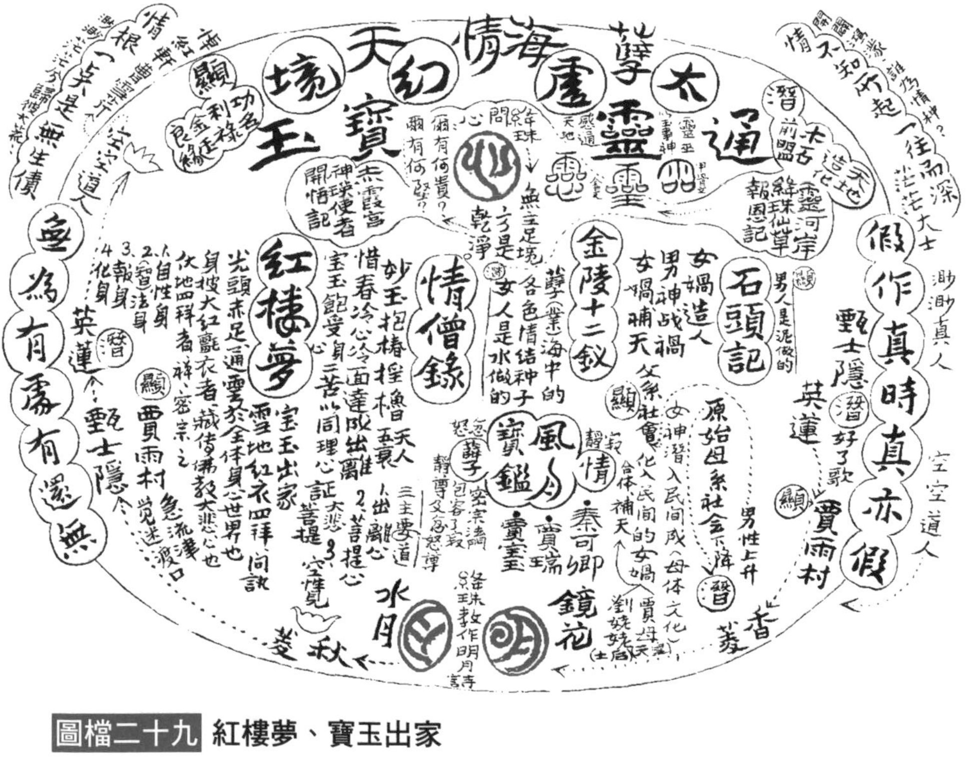

圖檔二十九 紅樓夢、寶玉出家

具足！」「何期自性本無動搖！」「何期自性能生萬法！」惠能對自性的體悟愈來愈清晰，終於成為一代大師，也為中國留下了唯一的一部由中國人記述的佛經。

至於我們記寫情僧歷劫的《紅樓夢》，從開場〈好了歌〉，便也譬喻寶玉非得歷經滄桑患難乃得了悟。

至於當時黛玉以禪語機鋒向寶玉問心，也暗示他終有一天抵達情盡之處；情盡處是情了處。「情了」不是拋棄情，而是說你真正的「了解」了甚深微妙情的本質；藉生命幻夢的覺醒，得以回歸心性本體。

脫落自我黑盒子的囿限，化為常寂常照的心性光明。我想我們作為地球上人類一員，恐怕真正渴求認識並達成的也就是這個東西。

好，我們來看下一張**圖檔三十** **佛之三身與四身**：

藏傳佛教中的《金剛誦》「嗡、阿、吽」，即是代表了佛的三身「化身、報身、法身」，也是學佛人的「身、口、意」的象徵。一般佛教徒，依此行三頂禮。

至於佛的四身，這是藏傳佛教中的密法裡才有的四頂禮。在佛的化身、報身、法身之上，再添加類同於惠能開悟時所讚歎全體佛性的「自性身」，成為佛之四身。密宗學佛人行皈依頂禮時，會如此進行四次五體投地的大禮拜。

比如說當我念「嗡」的時候，是向化身佛頂禮。此時化身佛的天眼發出白光進到我的額頭，我頂禮、與之合一。這是身頂禮。

我念「阿」的時候，是報身佛的喉部發出紅光，進到我的喉部，我頂禮、與之合一。這是語頂禮。

我念「吽」的時候，是法身佛的祕密的心靈發出藍光，進入我的心輪，我頂禮、與之合一。這是意頂禮。

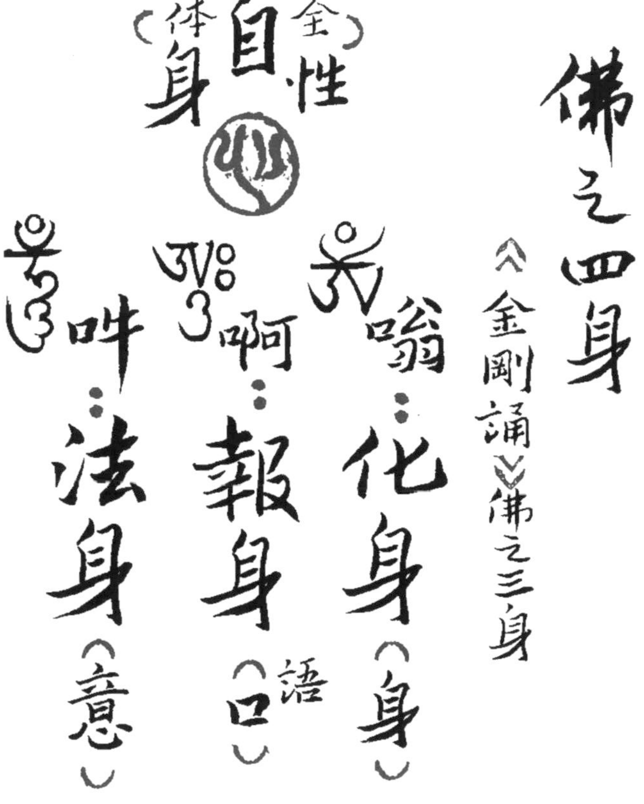

圖檔三十 佛之三身與四身

由藏傳佛教徒一般的「身、口、意」三頂禮，進入到密教「自性身」的四頂禮，就是在第四拜的時候，觀想佛全體化光進到我全身。

這是一個藉著音聲、現象與顏色的觀想，來牽引自己與佛性連結的禮節。

在藏傳佛教鼎盛的乾隆年代，《紅樓夢》第一百二十回大結局中，賈寶玉身披藏紅色斗篷，光頭赤足，在雪地上倒身四拜，可能就是像依循藏密傳統般，與佛的四身進行了皈依和連結。

看下一張**圖檔三十一** **密勒日巴偈**。

這是十一世紀藏傳佛教中的大修行人、大文學家以及家喻戶曉的歌者——密勒日巴〈勝義八莊嚴〉中的一個偈子，或可以用來說明了賈寶玉的四拜。道歌偈文如下：

自心達到盡地時，豈非一世之成正覺耶？連結四身而成大莊嚴。

且看賈寶玉披著在藏傳象徵熱情和大悲心的大紅猩猩氈；雪地裡的他光頭赤足，正如禪詩所謂「不經一番寒徹骨，哪得梅花撲鼻香？」

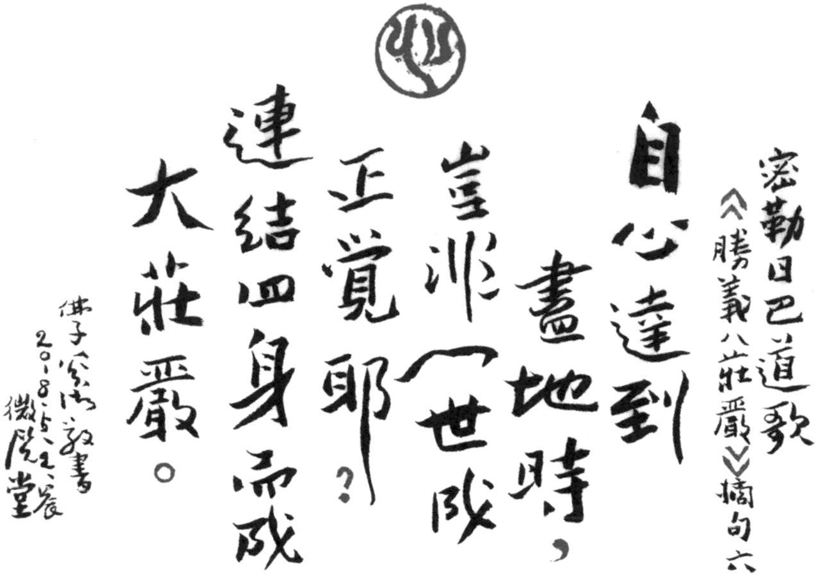
密勒日巴道歌
《勝義八莊嚴》摘句六
自心達到盡地時，豈非一世成正覺耶？連結四身而成大莊嚴。

圖檔三十一 密勒日巴偈

他倒身四拜，就像密勒日巴說「自心達到盡地時」，當一切幻象消盡，所有一波一波的孽海情浪都已經抵達盡頭，就連大海也都澄靜下來，就如孟子所謂「盡其心也，知其性也」，其實指的是同樣心性境界。

「自心達到盡地時，豈非一世之成正覺耶？」密勒日巴的偈句裡，有宛如天問的問號，這個就是從佛母瑪哈瑪亞 Maha Maya（大摩耶夫人）的大幻化網中誕生，以一雙最親切、最童真、最純潔的眼睛，看到了我就是佛（正覺者）、我就是全體，「連結四身（化身、報身、法身、自性身）而成大莊嚴」。也就是當我投身四拜的時候，以有限的現象連結上了無限的全體真相。

人生在世，為什麼永不滿足，因為他不能夠領會並安憩於「全體」。因為心靈本質的要求，就是要求抵達「全體」的大圓滿。

那「全體」其實就是無量光、無量壽——無量的時間和空間，那是人類的感官無法企及、不可思議之處。

孔子說「知之為知之」，就是我們人類感性和理性所知道、形而下的世界；他又說「不知為不知」，這是屬於不可思議、形而上的真相世界，此二者要合在一起，你才知道全體是什麼東西；「是知也」。

體認全體以後，我們就不會那麼黏著在個體自私的需求上，全體之愛油然而生。當這樣的心情出現的時候，你心裡自然產生大悲心。

那個「大」字不得了，那個才是真正的我們心靈的滿足和皈依處。

落一片白茫茫大地真乾淨。當夢幻劇場結尾，賈寶玉投身雪地四拜之際，他的心已由炙熱俗世，進入「即照即寂，即寂即照；雙存雙泯，絕待圓融」的常寂光土了。

好，下面便是第一百二十回中賈政與寶玉會面的結局，它可能是《紅樓夢》中最美的一個部分，就請先勇來說說罷。

白先勇：

這時候賈母過世了，林黛玉也過世了，賈政就把她們的靈柩送回到金陵、送回到姑蘇，那送完了以後，賈政要回去了。

一日，賈政接到家書，知道寶玉失蹤、考完試以後不見了，他心裡很煩惱。

冬天下雪，他坐船在回家的路上。船來到一個小鎮，停泊下來。他打發家人去通知地方官，船上除了一個小廝就只剩他一個人。

他在修家書的時候，突然看見岸邊一個人走來，彷彿就是寶玉……

微微的雪影中，寶玉的身影如真似幻，這一段文字可能是我們中國的抒情文學的到頂了，我覺得其意境之美、意象之美，把整部《紅樓夢》在這個時候撐起來了。

寶玉出家是《紅樓夢》中的一個高峰。誰說後四十回寫得不好？這個是巔峰到頂的！

我想這一段讓奚淞慢慢道來。

奚淞：

整部《紅樓夢》的神話結構，緣起於神瑛侍者灌溉三生石上仙草，而絳珠仙子欲以一生淚水報恩的序說。如此落於凡塵的寶玉，混跡在如水般女子們的柔情撫愛中，也領受多少相思血淚的淹煎苦迫。到頭來女子們嫁的嫁了、死的死了。同樣的報恩淚水，豈不也正可以化作霏霏雨雪，落一片白茫茫大地真乾淨……

且看第一百二十回裡寫出的《紅樓夢》大結局：「微微雪影裡面一個人，光著頭，赤著腳，身上披著一領大紅猩猩氈的斗篷，向賈政倒身下拜。賈政尚未認清，急忙出船，欲待扶住問他是誰？

那人已拜了四拜，站起身來打了個問訊，賈政才要還揖……」

《紅樓夢》文字寫到此處，賈政才想要還揖，因為不知道是不是寶玉，然後迎面一看不是別人，真的是寶玉。他大吃一驚。

是寶玉嗎？那個人不說話。因為夢幻劇已經發展到了一個超乎語言的地步。

他又悲又喜。弘一法師圓寂前不是寫下「悲欣交集」四字嘛，對了，正就是悲欣交集。

「交集」就進入到那個「不二」，把世間的相對境泯然合一了。

好，那賈政又說道：你若是寶玉，如何這樣打扮，跑到這裡來？

寶玉未及回言，只見船頭上來了兩人，一僧一道，夾住寶玉道：「俗緣已畢，還不快走？」

中國儒道釋三家在這裡合一：一僧一道夾住曾上京應試的寶玉，船上有代表儒家傳統的賈政。眼見「三個人飄然登岸而去。賈政不顧地滑，疾忙來趕……」作者只有幾句話，就把那個情境全寫盡了。「見那三人在前，哪裡還趕得上？」「只聽得他們三個人口中，不知道是哪個作歌，」當然是寶玉的心聲啊！

我所居兮，青埂之峰……

我所住的地方，是可以將情愛昇華至最高之處。深藏的情根種子，由黑暗無明處萌芽，突破私我困縛，從低處向晴空昇華，以至於無垠……

我所遊兮，鴻濛太空……

那是 the whole universe，此鴻濛太空不限於外在，也是內在的心靈的全體。

誰與我逝兮，吾誰與從？渺渺茫茫兮，歸彼大荒！

先勇說《紅樓夢》結尾此曲簡直是高亢入雲。然而說到證悟佛性的話，則是以無上正等正覺來形容，也是無涯際的大悲心。

賈政一邊聽著歌聲，一邊趕去；轉過一個小坡，歌聲情境已經不見了。

故事結尾處，且讓我們再回首看一眼這虛空中的夢幻舞台。兩側豈不是清清楚楚寫著：「假作真時真亦假；無為有處有還無」對聯。如是假（賈）即是真（甄），虛無中分明幻呈萬有。至此，濛濛雪影落下，遮沒了這場「真空妙有」的夢幻劇。

我們再看下面一張**圖檔三十二 張拙開悟詩**。

這個是五代張拙的〈開悟詩〉。我覺得就像前述宋代黃庭堅〈澄心亭頌〉，你要懂得中國佛學，你就要懂得這首〈開悟詩〉在說什麼，同時它也等於在說明《紅樓夢》整部作品的佛學意涵。

好，讓我們從〈開悟詩〉的

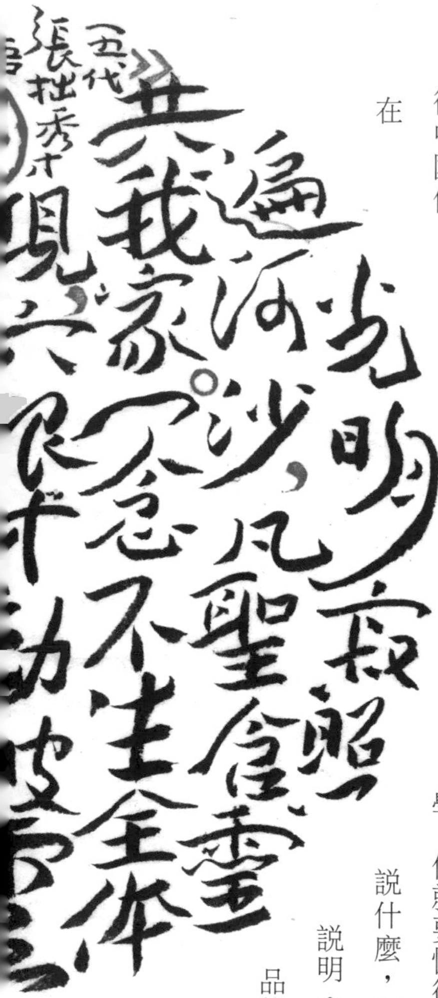

圖檔三十二　張拙開悟詩

第一句開始，「光明寂照遍河沙」。「光明」指的是什麼？回頭看香菱寫〈明月詩〉，是一種心靈清涼的光。明月升起，長江大河、蜿蜒河灘到處閃閃發光，便是「光明寂照遍河沙」。河沙象徵了世間所有芸芸眾生。

下一句「凡聖含靈共我家」，剛才講到法藏大師在武則天的鏡室掏出一顆寶珠，剎時間所有的形相全部都收攝到一顆寶珠（心靈）之中。

相不相信？如果把我們細胞裡的DNA分析一下，四十億年的生物演化程式，全都收攝在我們的身體裡面。說DNA還只講的是物質，那麼精神呢？恐怕它還超過四十億年、是不可計算測度的。

「凡聖含靈共我家」，整座紅樓從一草一木乃至於眾生百態，也都可以收攝在寶玉一人心中。他們有層層疊疊的業力和命運。他們有「共業」，所以共同成為人類、或者共住在紅樓裡。他們也有個別的「別業」，依他們各別自因緣去看待紅樓。

就好像我此時站在台大博雅館講台上，你們各以不同的心思在看我。有的人想說：他是不是有點瘋了？可是畢竟我們有共業，我們還是聚在這裡。所以等一下你只是出去罵兩句而已。如果有人說：欸，你講得真好！那我就很高興。可是我也不知道你心裡究竟想的是什麼？可是雖然你我的看法都不盡相同，我們居然在這個重重疊疊、相似相異的識別裡，聚集在一處，即所謂：「凡聖含靈共我家」。

而這一家子人呢，我的心光、我心裡的寶珠，又把你們所有的現象，都收納在我的寶珠裡面。《紅樓夢》裡的賈寶玉以平等心愛每個人，是很特別的角色。世上何有這樣的人？再想想，我們發現他其實就是作者曹雪芹。因為我們可以發現曹雪芹描寫各種階層、清濁不同性格的角色，從來不出誇張惡語。

即使當曹雪芹寫出角色黑暗、壞的一面，並不忘記他的光明、好的一面。每個角色都處在這樣陰陽蒙昧當中，有的障礙比較多、有的障礙比較少；有的比較美、有的比較醜；有的比較愚笨，有的比較聰明。曹雪芹對待他（她）們一視同仁，都以寬大而溫暖的平等心對待，豈不也如張拙詩云「凡聖含靈共我家」？

曹雪芹的恢闊胸懷，以及無微不至的同理心，在《紅樓夢》中且有此性格特質的，唯獨寶玉一人而已。所以賈寶玉是比惜春更進一步趨向大乘佛學的修行人。經歷了那麼多的鍛煉跟錘擊之後，他徹底捨下自我，光頭赤足，於白茫茫一片大地投身向世間夢幻劇場中的所有角色禮拜。便如詩中「**一念不生全體現**」；無我——放下執著，便進入同體大悲的眾生一體境界。

如果具備禪修經驗，懂得反觀自己，可以發現當我們放下執著、不受因緣糾纏，不愛、不恨、不煩的時候，也即是「無我」的微妙禪境。此時恍然在情境跟情境剎那推移的間隙，會感覺到一個無可言喻、恢闊空性的全體出現，那就是心性的真如本質。

那麼下一句「**六根才動被雲遮**」又在表明什麼呢？只要我們跟隨感官和我執生起妄念、行動的時候，晴空立刻被烏雲所遮蔽，就像《紅樓夢》開場神話所說，出於絳珠仙子受神瑛侍者灌溉之德，心生一念報恩之心。此念一動，就在無邊孽（業力）海中引發多少波瀾，導致一群情鬼下凡，演出這場悲金悼玉的紅樓夢大戲。

「**斷除煩惱重增病**」這一句，可以從寶玉早先參禪的階段說：我只是想脫離煩惱而已，我不想理你們這些姑娘們的問題，我只要肆行無礙憑來去，「赤條條來去無牽掛」。這樣一味只想斷除煩惱，其實是惹上了禪病，並沒有解決問題、更沒有了了分明的了解真相。

「**趣向真如亦是邪**」，譬如妙玉一心只想清淨，只圖美好；這就像一般學佛者心理，誤以為在世間追求人天福報便是究竟。不想一旦業風吹來、福報享盡，便是天人五衰、驚恐墮落的來臨。妙玉便是最佳寫照。

至於說到惜春斷然割捨世緣、走上出家之路；如果不懂得藉事歷心，提升修行見地，便有誤入灰身滅智、斷滅空境地的危險。這又如何證得大悲菩提呢？

五代張拙〈開悟詩〉中最末兩句：「**隨順世緣無罣礙，涅槃生死等空花**」，就充分說明中國大乘佛學抵達頂峰的「真空妙有」境界了。

如果我們在活著的每一個剎那都能夠知道：全體的心靈、整個的宇宙，從來沒有離開過我們；那麼我為什麼要覺得孤單無依呢？那為什麼不在我愛、我恨、我煩，煩惱到極點的時候，想到始終伴隨著我的天地有多大，而整體的心性有多淵博。如此，你個人的煩惱大可以「隨順世緣無罣礙」，因為你知道：即使我現在煩惱到死，這件事情是會淹滅的，滅到哪裡去？滅到全體空性裡去！

佛陀說一切都是無常的，無常故苦。當你抓著這個無常不放而成為「我」和「我所有」之後，你是多麼的狹小、多麼的苦、多麼的受困；這是一個黑窟窿、一個黑房子，你就在裡面掙扎得要命。這都是自找的，因為你死抓著那個「我」和「我所有」不放，可是就連這個房子都不是真的，哪裡有個不變的我呢？

所以呢，第一個是「無常」的，第二個是「苦」的，第三個是真正佛法的核心——「無我」。

譬如說「奚淞、奚淞、奚淞……」那也不過是個名字而已。那我說：我現在照照鏡子，我已經不認識我自己了。我比較認同我自己從前的模樣；我怎麼會變成今天這個樣子？那沒有辦法。

知道你時時刻刻都在變動中，你是無常的、是苦的，然後；原來這一切不是屬於我的，我只是在負責經歷、了解這一切而已。我要讓這分了解放光它，同時也是在痛苦中放光。

原來痛苦就是一種生命的撞擊，就好像古老的取火照明，你用石燧去打火，你要敲、敲、敲、敲，它就亮起來了。

我們的生命也正是這樣，就要隨順個人的緣分哪，隨緣消舊業。緣分有好有壞，但請你注意一下，就是說當受苦的時候要感恩，因為它就是給你一個很大的鍛煉。我在多少懂得了一些佛法以後，每當深夜煩惱的習性又來臨、受苦的時候，我就想：欸，是佛在叫我！

佛又叫你了。然後你只要安忍、稍安毋躁……過後你會說：哇，我又多了解一點了。什麼時候，你才能達到「了了分明，不了了之」的解脫境界呢？

事實上，所有你藉以修行的生命經驗，都叫做「涅槃生死等空花」；一切都如同鏡中花、水中月，無論苦樂順逆都是神通妙用，都是值得感恩的生命奧祕。

這裡就是張拙秀才的一首〈開悟詩〉。我用它來當作中國大乘佛法的典型，其中也包含了中國傳統文化的對心性的完整認識。

最後我要回歸原始佛法，藉古巴利文《慈經》中佛陀親口教授的禪修誦句，向大家行一個合十問訊禮。

好，下一個**圖檔三十三**《**慈經**》。

我要先說Namaste，然後誦念「七願、八十八個字」的《慈經》誦句：

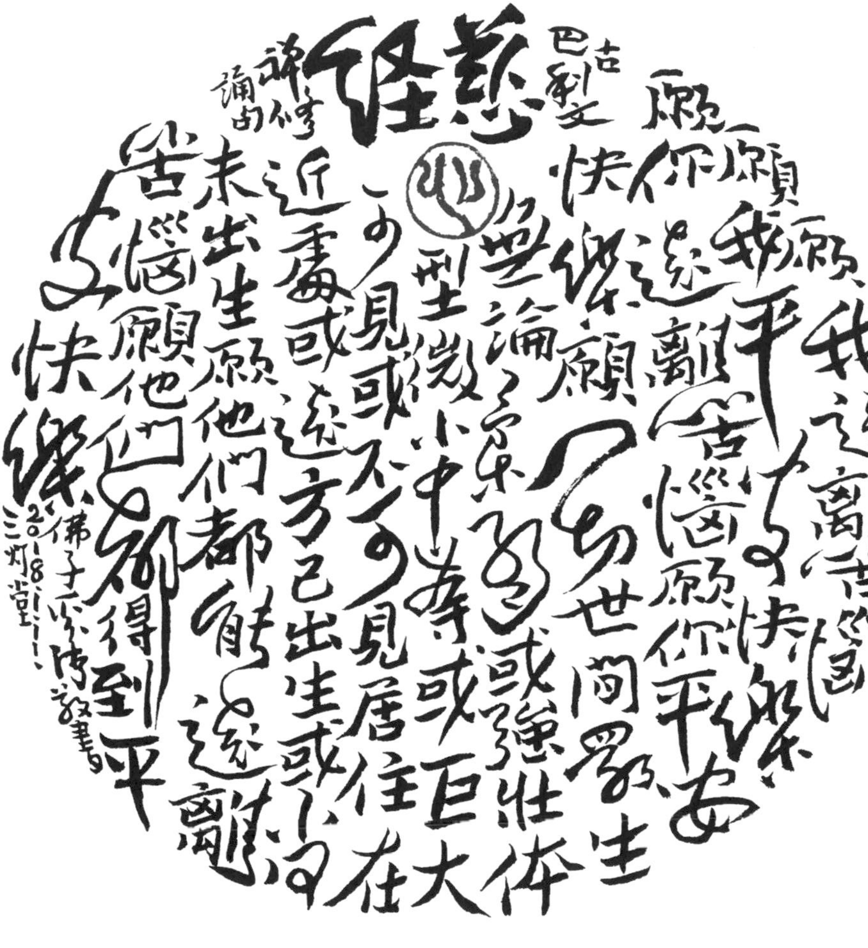

圖檔三十三 慈經

願我遠離苦惱，願我平安快樂；

願你遠離苦惱，願你平安快樂；

願一切世間眾生，無論柔弱或強壯、體型微小、中等或巨大，可見或不可見，居住在近處或遠方，已出生或尚未出生，願他們都能遠離苦惱，願他們都得到平安快樂。

我相信這也就是光頭赤足、披大紅猩猩氈，在雪地裡寶玉問訊的情懷，希望用這樣的一個合十祝福，連接整個的空性跟紅塵世間。

事實上，他的「了（好了）」不是結束，而是一種互即互入的無窮連結，這是佛陀真正要傳達的開悟。

謝謝各位！

白先勇：

太精彩了，太精彩了！我們的《紅樓夢》一定要講得那麼高的高度。《紅樓夢》是本天書；我更加要強調：《紅樓夢》是天下第一書！我們民族，能產生這麼了不起的文學經典，應該覺得非常驕傲。

《紅樓夢》是二元結構，在寫實的方面當然是很了不得，但在更高的層面，剛剛奚淞講了長達四個鐘頭，把《紅樓夢》的更高的一層顯示給大家看。

那我就接著寶玉出家作一個小結論，就是整部《紅樓夢》的底蘊，有個很重要的三種力量在引導它、在控制它，那就是我們的儒、釋、道。這也就是我們中國人的哲學、中國人對人生的態度，尤其表現在最後寶玉出家這一幕。

你知道賈政本來很討厭他那個兒子，其實呢，他是恨鐵不成鋼。當初寶玉一歲的時候，賈政給他抓鬮，他什麼都不抓，一抓就是胭脂。其中象徵的人生取向，跟他儒家那一套的理想完全相反。

賈政跟寶玉兩個人，其實也就是儒家經世濟民的入世哲學，跟寶玉佛道「鏡花水月，浮生若夢」的出世哲學，這兩者之間相互的拉扯、衝突，到最後這裡你看看，政老爺也不顧地滑，喘吁吁地跑去追他的兒子，轉一圈不見了，只剩下、只落得白茫茫大地一片真乾淨。

我想所有人間的七情六欲，所有的嗔貪痴愛，都被白茫茫的雪給蓋過去了、都消化掉了。

賈政再回到船裡邊來的時候，突然間他有一種醒悟，他說：唉呀，原來寶玉是來歷劫的，哄了老太太十九年；難怪他是非常聰明的，只要他肯用心，詩作得很好，是個非常聰明的一個人。

這時候父子之間達到了一種諒解；儒家與佛道之間有了對話。《紅樓夢》到最後的時候，你感覺到它的偉大、崇高，那就是因為它包容了一切。包容了我們整個民族儒、釋、道三家的思想。

剛剛奚淞念《慈經》的時候，你會覺得有那種胸襟，那種大悲之心。所以曹雪芹他是以天眼來看紅塵；以大悲之心來刻畫芸芸眾生。奚淞家裡邊還有一副對子，他說這是二十多年前絲路之旅，在張掖一間古廟——是西夏國所建造的大佛寺古廟裡邊，他看到一副殘存對聯，句子是這樣的：

天地同流，眼底群生皆赤子，

千古一夢，人間幾度續黃粱。

我覺得這副對子可以拿來做《紅樓夢》、做曹雪芹創作情懷的總結。天地宇宙這麼大，曹雪芹看到的一切芸芸眾生都是赤子。古今一夢，你看自古以來有多長的時間，我們都在一個夢接一個夢又接一個夢的不停的在夢中……

那我們今天也應該夢醒了。

謝謝大家！

賈寶玉的俗緣：蔣玉菡與花襲人

——兼論《紅樓夢》的結局意義

白先勇◎主講
奚淞◎整理

《紅樓夢》中賈寶玉有句名言：「女兒是水作的骨肉，男人是泥作的骨肉。」寶玉見了女兒便清爽，見了男人便覺濁臭逼人。然而《紅樓夢》中有四位男性：北靜王、秦鐘、柳湘蓮、蔣玉菡，寶玉並不作如是觀。這四位男性角色對寶玉的命運直接、間接都有影響或提示作用。四位男性於貌則俊美秀麗，於性則脱俗不羈，而其中以蔣玉菡與賈寶玉之間的關係最是微妙複雜，其涵義可能影響到對《紅樓夢》結局的詮釋。《紅樓夢》第五回「賈寶玉神遊太虛境」，窺見「金陵十二釵又副冊」中有詩寫道：

枉自溫柔和順，空云似桂如蘭；
堪羡優伶有福，誰知公子無緣。

此詩影射花襲人一生命運，其中「優伶」即指蔣玉菡，可見第一百二十回最後蔣玉菡迎娶花襲人代寶玉受世俗之福的結局，作者早已安排埋下伏筆，而且在全書發展中，這條重要線索，作者時時在意，引申敷陳。第二十八回「蔣玉菡情贈茜香羅」，馮紫英設宴，賈寶玉與蔣玉菡初次相見，席上行酒令，蔣玉菡手執木樨吟道：「花氣襲人知晝暖。」彼時蔣玉菡並不知有襲人其人，而無意間卻道中了襲人名字，冥冥中二人緣分由此而結。少刻，寶玉出席，蔣玉菡尾隨，二人彼此傾慕，互贈汗巾，以為表記。寶玉贈給蔣玉菡的那條松花汗巾原屬襲人所有，而蔣玉菡所贈的那條「血點似的大紅汗巾子」，夜間寶玉卻悄悄繫到了襲人的身上。蔣玉菡的大紅汗巾乃茜香國女國王所貢之物，為北靜王所賜，名貴非常。寶玉此舉，在象徵意義上，等於替襲人接受聘禮，將襲人終身託付給蔣玉菡。第一百二十回結尾篇，花襲人含悲出嫁，次日開箱，姑爺見猩紅汗巾，乃知是寶玉丫頭襲人，而襲人見姑爺的松花綠汗巾，乃知是寶玉摯友蔣玉菡，紅綠汗巾二度相合，成就一段好姻緣。而促成這段良緣者，正是寶玉本人。

襲人在《紅樓夢》這本小說以及在寶玉心目中都極占分量，而寶玉卻將如此重要的身邊人託付給蔣玉菡。《紅樓夢》眾多角色，作者為何獨將此大事交託蔣玉菡，實在值得深究。蔣玉菡原為忠順親王府中忠順王駕前所蓄養的優伶，社會地位不高，在小說中出場次數不多，而作者卻偏偏對這樣一個卑微角色，命名許以「玉」字，此中暗藏玄機在於紅樓夢作者對角色命名「玉」字絕不輕易賜予，小紅本名紅玉，因為犯寶玉之名而更改，即是一例。玉是《紅樓夢》中最重要的象徵，論者早已著書討論，在眾多複雜的詮釋中，玉至少象徵人的性靈、慧根、本質等意義，已是毋庸懷疑，而小說人物中，名字中凡含有玉字者，與寶玉這塊女媧頑石通靈寶玉，都有一種特殊緣分，深具寓意。

除了寶玉以外，《紅樓夢》中還有其他四塊玉。首先是黛玉，寶、黛二玉結的是一段「仙緣」，是神瑛侍者與絳珠仙草的愛情神話，也是一則最美的還淚故事。寶玉和黛玉之間的愛情乃是性靈之愛，純屬一種美的契合，因此二人常有相知、同類之感。黛玉是寶玉靈的投射，宜乎二人不能成婚發生肉體關係，唯有等到絳珠仙草淚盡人亡魂歸離恨天後，神瑛侍者才回轉太虛幻境，與絳珠仙草重續仙緣。第二塊玉是妙玉，有人猜測寶玉與妙玉之間，情愫曖昧。事實上寶玉與妙玉的關係在《紅樓夢》的主題命意及文學結構上都有形而上的涵義。妙玉自稱「檻外人」，意味已經超脫俗塵，置身化外。而寶玉為「檻內人」，尚在塵世中耽溺浮沉。而結果適得其反，寶玉終於跨出檻外，修成正果，而妙玉卻墮入淖泥，終遭大劫。寶玉與妙玉的關係是身分的互調，檻外與檻內的轉換，是一種帶有反諷性的「佛緣」。妙玉目空一切，孤僻太過，連村嫗劉姥姥尚不能容，宜乎佛門難入。而寶玉心懷慈悲，廣愛眾生，所以終能成佛。

《紅樓夢》男性角色名字中含有玉者，尚有甄寶玉與蔣玉菡。甄寶玉僅為一寓言式的人物，是《紅樓夢》中「真」、「假」主題的反襯角色，甄寶玉貌似賈寶玉，卻熱衷功名，與賈寶玉的天性本質恰恰相反。作者創造甄寶玉這個角色，亦有反諷之意。《紅樓夢》作者的人物設計，常用次要角色陪襯、反襯主要角色，例如晴雯、齡官陪襯黛玉，二人是黛玉的伸延、投影。寶玉這個角色除了甄寶玉、妙玉用以反襯以外，另外一位名字帶玉的男性角色蔣玉菡對寶玉更具深意。如果寶玉與黛玉所結的是一段「仙緣」，與妙玉是「佛緣」，那麼寶玉與蔣玉菡之間就是一段「俗緣」。在《紅樓夢》眾多男性角色中，寶玉與蔣玉菡的俗緣最深——寶玉與賈政的俗緣僅止於父子，親而不近。寶玉與蔣玉菡的特殊關係具有兩層意義：首先是寶玉與蔣玉菡之間的同性之愛，其次是蔣玉菡與花襲人在《紅樓夢》結局時的俗世姻緣，而此二者之間又有相當複雜的關聯。

第二十八回「蔣玉菡情贈茜香羅」，寶玉與蔣玉菡初次見面即惺惺相惜，互贈表記。第三十三回「不肖種種大承笞撻」，忠順親王府派長府官到賈府向賈政索人，原因是忠順王府裡的優伶琪官（蔣玉菡）失蹤，「這一城內，十停人倒有八停人都說：他近日和銜玉的那位令郎相與甚厚」，長府官並指出證據——寶玉腰所繫之茜香羅。寶玉無法隱飾，只得承認蔣玉菡私自逃離忠順親王府，在離城外二十里紫檀堡置買房舍。二十八回寶玉與蔣玉菡見面互相表贈私物之後，至三十三回以前，兩人「相與甚厚」的情節書中毫無交代，而三十三回由寶玉的招認，顯現二人早已過往甚密，蔣玉菡似乎是為了寶玉而逃離忠順王府，在紫檀堡置買房舍的。以《紅樓夢》作者如此縝密的心思，不應在情節上有此重大遺漏，不知是否被後人刪除，尚待紅學專家來解答這個疑問。但三十三回已經說明，寶玉與蔣玉菡之間確實已發生過親密的同性之愛。而寶玉因此被賈政大加笞撻，以致遍體鱗傷。一方面來看，固然是寶玉私會優伶的行為，是儒家禮教所不容，從另一個角度來看，這也象徵寶玉與蔣玉菡締結「俗緣」，寶玉承受世俗後，他的俗體肉身所必須承擔的苦痛及殘傷。書中，寶玉為黛玉承受精神性靈上最大的痛苦，為蔣玉菡卻擔負了俗身肉體上最大的創傷。就同性戀的特質而言，同性間的戀愛是從另外一個個體身上尋找一個「自己」（Self），一個「同體」，有別於異性戀，是尋找一個「異己」（Other），一個「異體」。如希臘神話中的納西瑟斯，愛戀上自己水中倒影，即是尋求一種同體之愛。賈寶玉和蔣玉菡這兩塊玉的愛情，是基於深刻的認同，蔣玉菡猶之於寶玉水中的倒影，寶玉另外一個「自我」，一個世俗的化身。第九十三回，寶玉與蔣玉菡在臨安伯府再度重逢，在寶玉眼裡，蔣玉菡「鮮潤如出水芙蕖，飄揚似臨風玉樹」，此兩句話除形容蔣玉菡神貌俊美外，又具深意。「蔣玉菡」之「菡」字，菡萏、芙蕖都為荷花、蓮花別名。寶玉最後削髮為僧，佛身昇天。荷花、蓮花象徵佛身的化身，因此，寶玉的「佛身」雖然昇天，他的世俗分身，卻附在了「玉菡」上，最後替他完成俗願，迎娶襲人。佛經有云：「自性具三身，一者法身，二者圓滿報身，三者千百億化身。」蔣玉菡當為寶玉「千百億化身」之一。

同回描述蔣玉菡至臨安伯府唱戲，他已升為領班，改唱小生，「他也攢了好幾個錢，家裡已經有兩三個鋪子。」府裡有人議論，有的說：「想必成了家了。」有的說：「親還沒有定。他倒拿定一個主意：說是人生婚配，關係一生一世的事，不是混鬧得的，不論尊卑貴賤，總要配得上他的才能。所以到如今還並沒娶親。」寶玉聽到，心中如此感想：「不知日後誰家的女孩兒嫁他？要嫁著這麼樣的人才兒，也算是不辜負了。」後來蔣玉菡唱他的拿手戲《占花魁》，九十三回如此敘述：

果然蔣玉菡扮了秦小官，伏侍花魁醉後神情，把那一種憐香惜玉的意思，作得極情盡致。以後對飲對唱，纏綿繾綣。寶玉這時不看花魁，只把兩隻眼睛獨射在秦小官身上。更加蔣玉菡聲音響亮，口齒清楚，按腔落板，寶玉的神魂都唱得飄蕩了。直等這齣戲煞場後，更知蔣玉菡極是情種，非尋常腳色可比……

《紅樓夢》作者善用「戲中戲」的手法來點題，但紅學家一般都著重在十八回元春回家省親，她所點的四齣戲上——「豪宴」、「乞巧」、「仙緣」、「離魂」。因為「脂本」在這四齣戲下曾加評語，認為元妃「所點之戲，伏四事，乃通書之大過節，大關鍵」。這四齣戲出自《一捧雪》——伏賈家之敗，《長生殿》——伏元妃之死，《邯鄲夢》——伏甄寶玉送玉（俞大綱先生認為「仙緣」影射賈府抄家，寶玉悟道，更為合理），《牡丹亭》——伏黛玉之死。這幾齣戲暗示賈府及其主要人物之命運固然重要，但我認為九十三回蔣玉菡扮演之占花魁對《紅樓夢》之主題意義及其結局具有更深刻的涵義。此處涵義可分二層，首先，中國所有的愛情故事中，恐怕《醒世恆言》中的小說〈賣油郎獨占花魁〉中秦小官對花魁女憐香惜玉的境界最接近賈寶玉的理想。出身貧苦天性淳厚的賣油郎秦重，因仰慕名妓花魁娘子，不惜節衣省食，積得十兩銀子，到院中尋美娘（花魁的妓名）欲親芳澤，未料是夜花魁宴歸，大醉睡倒，小說如此描寫秦小官伺候花魁女：

> 酒醉之人，必然怕冷，又不敢驚醒她。忽見欄杆上又放著一床大紅紵絲的棉被，輕輕的取下，蓋在美娘身上，把燈挑得亮亮的。取了這壺茶，脫鞋上床。捱在美娘身邊，左手抱著茶壺在懷，右手搭在美娘身上，眼也不敢閉一閉……

等到花魁真的嘔吐了，他怕汙了被窩，就讓她吐在自己新上身的衣袍袖子裡，整理了腌臢酒吐後，「依然上床，擁抱似初」，直到天明，秦小官並未輕薄花魁女。秦重對花魁這種由愛生憐之情，張淑香女士認為近乎宗教愛，秦重以自己身上的衣物去承受花魁吐出的穢物，這個動作實含有宗教式救贖的意義，包納對方的不潔，然後替她洗淨——花魁乃一賣身妓女，必遭塵世汙染。而賈寶玉本人在七十七回「俏丫鬟抱屈夭風流」中，面對奄奄一息的晴雯，亦是滿懷悲憫，無限憐惜，恨不得以身相替，四十四回「喜出望外平兒理妝」，平兒被鳳姐錯打後，寶玉能為她稍盡心意，竟感「喜出望外」，寶玉前世本為神瑛侍者，在靈河畔守護絳珠仙草，細心灌溉，使之不萎。歷劫後墮入凡塵，在大觀園內，寶玉仍以護花使者自居，他最高的理想便是守護愛惜大觀園中的百花芳草（眾女兒），不讓她們受到無情風雨的摧殘。寶玉自己本為多情種子，難怪他觀看蔣玉菡扮演秦重，服侍花魁，「憐香惜玉」、「纏綿繾綣」，會感到「神魂飄蕩」，而稱蔣玉菡為「情種」了。「秦重」與「情種」諧音，因此，《占花魁》中的賣油郎秦重亦為「情種」的象徵。賈寶玉跟蔣玉菡不僅在形貌上相似，在精神上也完全認同，因為蔣玉菡扮演的角色秦重——情種，也正是寶玉要扮演的。賈寶玉與蔣玉菡這兩塊玉可以說神與貌都是合而為一的。

《占花魁》這齣戲對《紅樓夢》的結局有更深一層的涵義，因為這齣戲亦暗伏蔣玉菡與襲人的命運結局，襲人姓花，並非偶然，在某種意義上，花襲人的命運與花魁女亦相似，寶玉出家，賈府敗落，襲人妾身未明，她的前途也不會好，鴛鴦為眾丫鬟之首尚不得善終，襲人的命運更不可卜。賣油郎秦重最後將花魁女救出煙花火坑，結為夫婦，《紅樓夢》結尾時，蔣玉菡亦扮演秦重的角色將花襲人——花魁女，救出賈府，完成良緣——這，也是寶玉的心願，他在第二十八回「蔣玉菡情贈茜香羅」，早已替二人下了聘。事實上寶玉在俗世間，牽掛最深、俗緣最重的是襲人而不是旁人。一般論者把《紅樓夢》當作愛情故事來看，往往偏重寶玉—黛玉—寶釵的三角關係，其實寶玉—蔣玉菡—花襲人三人的一段世俗愛情可能更完滿，更近人情。前文已論及寶玉與黛玉的木石前盟是一段「仙緣」，一段神瑛侍者與絳珠仙草的愛情神話，黛玉早夭，淚盡人亡，二人始終未能肉身結合。而寶釵嫁給寶玉時，寶玉失玉，失去了本性，已經變成痴人。書中唯一一次敘述二人行夫妻之禮，寶玉只是抱著補過之心，勉強行事，兩人除卻夫妻倫常的關係，已無世俗之情——寶玉不久便勘破世情，悟道出家了。而事實上，在《紅樓夢》眾多女性中，真正獲得寶玉肉體俗身的只有襲人，因為早在第六回寶玉以童貞之身已與襲人初試雲雨了，襲人可以說是寶玉在塵世上第一個結俗緣的女性。襲人服侍寶玉，呵護管教，無微不至，猶之於寶玉的母、姊、婢、妾——俗世中一切女性的角色，襲人莫不扮演。二人之親近，非他人可比。王夫人、薛寶釵在名分上雖為寶玉母、妻，但同為親而不近。襲人，可以說替寶玉承受了一切世俗的負擔。三十回結尾，寶玉第一次發怒動粗，無意中所踢傷的，竟是他最鍾愛的襲人，踢得她「肋上青了碗大的一塊」，以致口吐鮮血。寶玉與蔣玉菡結俗緣，為他被打得遍體鱗傷，而襲人受創，也是因為她與寶玉俗緣的牽扯所必須付出的代價。一百十七回「阻超凡佳人雙護玉」，無怪乎襲人得知寶玉要將他那塊失而復得的通靈寶玉還給道家仙人——還玉便是獻身於佛之意——她急得不顧死活搶前拉扯住寶玉，不放他走，無論寶玉用力摔打，用手來掰開襲人的手，襲人猶忍痛不放，與寶玉糾纏不已。二人俗緣的牽絆，由此可見。最後寶玉出家，消息傳來，「寶釵雖是痛哭，她那端莊樣兒，一點不走。」而襲人早已心痛難耐，昏厥不起了。寶玉出家，了卻塵緣，他報答父母的，是中舉功名，償還妻子寶釵的，是一個兒子，完成傳宗接代的使命。那麼，他留給花襲人的是什麼呢？一個丈夫。蔣玉菡與花襲人結為夫婦，便是寶玉在塵世間俗緣最後的了結。

一部小說的結尾，最後的重大情節，往往是作者畫龍點睛，點明主題的一刻。一般論者皆認為第一百二十回寶玉出家是《紅樓夢》的最後結局，亦即是說佛道的出世哲學得到最後勝利，因而有人作出結論——《紅樓夢》打破了中國傳統小說大團圓的格式，達到西方式的悲劇效果。這本小說除了第一回「甄士隱夢幻識通靈，賈雨村風塵懷閨秀」到第一百二十回「甄士隱詳說太虛情，賈雨村歸結紅樓夢」，開場與收尾由甄士隱與賈雨村這兩個寓言式的人物「真」「假」相逢，儒道互較，作為此書之楔子及煞尾外，其寫實架構最後一節其實是蔣玉菡迎娶花襲人，此節接在寶玉出家後面，實具深意。一方面寶玉削髮出家，由一僧一道夾著飄然而去，寶玉的佛身昇天，歸彼大荒，歸於青埂峰下。而他的俗身，卻化在蔣玉菡和花襲人身上——二人都承受過寶玉的俗緣，受過他肉體俗身的霑潤——寶玉的俗體因而一分為二，藉著蔣玉菡與花襲人的姻緣，在人間得到圓滿的結合。寶玉能夠同時包容蔣玉菡與花襲人這一對男女，其實也是因他具有佛性使然。佛性超越人性——他本身即兼有雙性特徵——本無男女之分，觀世音菩薩，便曾經過男女體的轉化。寶玉先前對秦氏姊弟秦可卿、秦鐘的愛戀，亦為同一情愫。秦可卿——更確切地說是秦氏在太虛幻境中的替身警幻仙姑之妹兼美——以及秦鐘，正是引發寶玉對女性及男性發情的人物，而二人姓秦（情）又是同胞，當然具有深意，二人實是「情」之一體兩面。有了兼美的引發在先，乃有寶玉與襲人的雲雨之情，有了秦鐘與寶玉之兩情繾綣，乃有蔣玉菡與寶玉的俗緣締結。秦鐘與賣油郎秦重都屬同號人物，都是「情種」——也就是蔣玉菡及寶玉認同及扮演的角色。

因此，我認為寶玉出家，佛身昇天，與蔣玉菡、花襲人結為連理，寶玉俗緣最後了結——此二者在《紅樓夢》的結局占同樣的重要地位，二者相輔相成，可能更近乎中國人的人生哲學，佛家與儒家、出世與入世並存不悖。事實上最後甄士隱與賈雨村——道家仙人與書生——再度重逢，各說各話，互不干犯，終究分道揚鑣。《紅樓夢》的偉大處即在此，天上人間，淨土紅塵，無所不容。如果僅看到寶玉削髮出家，則只看到《紅樓夢》的一半，另一半則藉下一節結尾時，有了新的開始。作者藉著蔣玉菡與花襲人完滿結合，完成畫龍點睛的一筆。這屬於世俗的一半，是會永遠存在的。女媧煉石，固然情天難補，但人世間又何嘗沒有其破鏡重圓之時。一悲一喜，有圓有缺，才是真正的人生。蔣玉菡與花襲人最後替賈寶玉完成俗緣俗願，對全書產生重大的平衡作用——如果這個結局不重要，作者也不會煞費心機在全書中埋下重重伏筆了。

事實上以《紅樓夢》作者博大的心胸未必滿足於小乘佛法獨善其身的出世哲學。寶玉滿懷悲憫落髮為僧，斬斷塵緣，出家成佛，但大乘佛法菩薩仍須停留人間普渡眾生。蔣玉菡最後將花襲人迎出賈府，結成夫妻，亦可說是作者普渡眾生悲願的完成吧。這又要回到《占花魁》這齣戲對全書的重要涵義了。前述〈賣油郎獨占花魁〉，秦重對花魁女憐香惜玉的故事近乎宗教式的救贖，作者挑選這一齣戲來點題絕非偶然，這不只是一則妓女贖身的故事，秦小官至情至性以新衣承花魁女醉後的穢吐，實則是人性上的救贖之舉。秦小官以至情感動花魁女，將她救出煙花，同樣的，蔣玉菡以寶玉俗世化身的身分，救贖了花襲人，二人俗緣，圓滿結合，至少補償了寶玉出家留下人間的一部分憾恨。佛教傳入中土，發揚光大乃有大乘，而大乘佛法入世救贖，普渡眾生的精神，正合乎中國人積極入世的人生觀。

——原載於一九八六年一月《聯合文學》雜誌第十五期

文學相對論：白先勇 vs. 奚淞

——孽子、哪吒與賈寶玉，以及白光的歌、崑曲的美

四之一——孽子：愛與死

什麼是戲劇的規矩？

奚：那一天看到《聯合報》頭版上，怎麼白先勇看彩排自己也哭了？《孽子》的首演滿驚人的，上半場的表演又是歌又是舞、又有很長的念白和雜技。落幕時，坐在我身邊的編舞者吳素君激動地倒在我肩頭，再一看坐在我前排的導演曹瑞原也哭了，我覺得整個劇場被顛覆了。這些年來，沒看過國家戲劇院裡那些西裝革履的觀眾，會彼此傳遞衛生紙。包括導演、編舞，全部哭成一團。全世界有沒有人看到「雜技」會哭的？這在歷史上可能是絕無僅有的。

這碰觸到戲劇的核心問題，到底什麼是戲劇的規矩呢？這麼多年來，我看到大家遵守劇場的規矩，穿得規規矩矩，坐在戲院裡認真看戲，不准咳嗽、不可擤鼻涕、不可以亂動。很多人來國家劇院看戲，因為他們代表一種階級，而中下階層是不會到劇院看戲的。這些社會菁英人士形成一種看戲的形態，他們太規矩了，失掉中國劇場原有的活潑性，我小時候看平劇，隨時可以叫好的，但我們現在被訓練得很有規矩。

《孽子》的劇場開始回歸傳統劇場，就像早年的國軍文藝中心，大家盛裝出席，可是很活潑。觀眾可以鼓掌、流淚、喝采，主動參與戲劇的所有情境。

白：我製作過很多戲，《孽子》是最奇怪的一部。我對自己的東西那麼熟，看《孽子》竟然還會哭，這太奇怪了。我沒那麼容易掉淚，但我看了八場，卻場場都哭。這部戲有一股氣場，讓老中青觀眾都哭，男孩哭，女孩也哭，沒看過一部戲讓全場的人這麼哭。

郭珊珊這麼理性的人，看到中場卻變成淚人一個，她指著龍子和鳳子說，「這就是愛情」。

奚：這種氣場，我只有在禪修班體驗過。只有修行到了一個境界，慈悲的心大開，大家才會互相傳衛生紙。

拿龍子和鳳子在新公園蓮花池畔的情殺來說，愛情與死亡，是生命中最強烈、高潮的東西，《孽子》用舞蹈和特技展現，推演到最高點，這在舞台上相當少見。演鳳子的張逸軍舞蹈系畢業，曾是太陽劇團的雜技演員。他靠自己揣摩，沒有一句對白、靠動作表現強烈的感情。他沒有任何因襲的東西，卻把可以是很粗暴的謀殺，與狂烈的愛情，提升到一個嚇人的層次。

現代戲劇很黑色，不敢表現善良

白：情殺這一段無法用文字表達，只能用舞蹈表達。話劇用舞蹈、獨白，這是我想的，沒想過效果是這樣。我曾經看英國作曲家 Benjamin Britten 改編《威尼斯之死》為歌劇，也是一句對白都沒有，用唱歌、舞蹈的方式表現。我想，跳舞加獨白，也是一種創新的表現形式。

奚：這一段就像公孫大娘舞劍。

白：愛與死的題目，電視上處處可見，但大家無動於衷。然而《孽子》用這麼特殊的形式、牽動大家心中超越性別的情。

張逸軍演鳳子是拚了命的。他演情殺這段舞蹈時半裸，把絲帶綁在身上，他從絲帶滑下來時，絲綢就像刀一樣刮傷他的肉，還用刺了青的身體在水池上翻滾。他傷得很重，卻一句抱怨都沒有。

電視、電影上演的情殺，都很難看、不美。張逸軍說他不會演，但他不必演，本人就是天生的鳳子。他對生命的感應，相當敏感，擁有一種天真。他來聽我在台大開的課《紅樓夢》，說阿鳳就像是林黛玉，把眼淚還給寶玉。

奚：他不用語言，用身體表達感情，這點和男主角龍子配得剛剛好。

白：有人說這齣戲的龍子動作有點僵硬，但小說中的龍子就是這樣一個人，他的激情到了一個極限。他被阿鳳扯來扯去，雖然殺死阿鳳，自己才是一個受難者。

奚：現代的戲劇很黑色，它不敢表現善良，表現善良時會覺得很害羞，表現黑暗卻覺得正大光明，這也是現代人的問題。但《孽子》雖然表現社會的黑暗面，卻給予善意和溫暖的包容，對生命充滿期望。

人倫是這麼陌生的事！

奚：《孽子》所以感動人，是把個人的特殊事件提升到一種生命的「天問」，提出一個針對全人類的核心問題。這齣戲用了許多年輕演員，他們用天真的方法，演這齣你以為黑暗的戲。最後以自己的純真，抵達了這樣一個高度，成為一個傳奇。

白：如果問觀眾為什麼掉淚？每個人答案都不同，各取所需。

奚：《孽子》觸動各種類型的情感，觀眾「藉他人的靈堂，哭自己的滄桑」，每個人找到自己的哭點。

白：父子情、兄弟情、愛情，各種情都在裡頭。

奚：《孽子》其實也在談一個被遺忘的重要議題：天倫。中國原本是禮儀之邦、講倫理治國；但到了現在，人倫是這麼陌生的事。但《孽子》喚起人倫的情感，老人對子女的愛，現在沒人這麼表現。

白：《孽子》用一種全新的形式講「人倫」，這是現代人不敢面對的問題，所以有些人會害怕，現在誰敢講父愛、母愛。

奚：因此大家莫名地被觸動，這是被遺忘已久的重要東西。大家是用眼淚來投票，感動了卻說不出來為什麼，這卻回復到活潑的劇場傳統。

白：大家沒準備，猛不防被戳動了。

一部戲如果沒有一點冷場、沉悶，是假裝的

奚：有人批評這部戲獨白太多太長，說太多話，對不起，這才是傳統大戲。現代人受廣告影響，直接訴諸感官，沒耐心好好聽別人說話。一部好戲如果沒有一點點冷場、沉悶，這是假裝的，因為生命就需要讓你安靜下來沉思、進入狀況。戲劇不能老是刺激、興奮，一定要有些地方讓你停下來沉思。這齣戲巧妙就在這裡，它有時很熱鬧、好玩，但有時讓你停下來沉思、關懷戲中人物的脈絡。

白：莎士比亞最精采的戲都是獨白，《哈姆雷特》、《馬克白》、《李爾王》……都是獨白。

奚：《孽子》中的念白繼承京劇的傳統。他不僅要演這個角色，還要向觀眾告白、說明這件事，這是最古典的。戲裡的阿青說了許多白先勇式的獨白，負擔白先勇的敘事方式。有人覺得他囉哩叭唆，但我覺得他好極了。

白：阿青的低調獨白，詮釋得相當好。

奚：《孽子》這部戲什麼都有，將獨白、舞蹈、雜技和歌星獻唱，全都融進舞台裡。

有人說這是大雜燴，我卻覺得這就是人生。

生命本身是酸甜苦辣、生旦淨末丑的一種圓滿，一切東西都可以在舞台上呈現。生旦淨末丑，是中國人獨特的戲劇美學。中國戲劇不是一味地悲、一味地喜，而是悲喜之間一種平衡，這才是生命真正的滋味。生旦淨末丑代表中國人對人生的一種態度和觀點，在《孽子》這部戲裡，徹底地實現了。

《孽子》實現了這種圓滿，但它不是單純地承襲舊有的傳統，它是真正的文藝復興，把中國演變了一千多年的戲劇，在舞台上呈現。生旦淨末丑、悲劇和喜劇可以一起演。一悲一喜，輪流在舞台上呈現。

踏雪尋梅，是民國以來的感動

奚：唐美雲把這齣戲的勁道拉起來，沒有她，年輕小孩的味道也不對了。

白：楊宗緯的歌也唱得相當好，唱得好揪心。陳小霞寫的〈蓮花落〉有點像歌劇，我告訴她，這歌可像《蝴蝶夫人》那樣寫，音樂往上拉。

主題曲〈踏雪尋梅〉，代表這部戲的核心精神：每個孽子都在踏雪尋梅。當音樂一起來，我聽見用童聲唱的〈踏雪尋梅〉，內心充滿感動。

奚：不只孽子，每個人都在踏雪尋梅。這是一種民國以來的感動，我們對未來世界充滿希望，相信走過這段路，便會走到一個美好的世界。

白：非常五四、非常三〇年代，像黃自、劉雪庵譜寫的曲子。

奚：這種五四精神，是想透過一個新時代的改變，讓中國傳統中最好的部分恢復青春。

白：《孽子》講的是黑暗王國，裡頭卻是對青春的嚮往。北藝大的演員，為這齣戲帶來青春希望，形成此劇一大特色。

奚：年輕演員用他們的純真無邪去體驗，卻為中國明清以來的戲劇傳統，帶來一次文藝復興。

四之二——三個孽子：哪吒、賈寶玉和龍子

人的生命就像種子

奚：多年前我母親生病。深夜我坐在母親病床前，拿起白報紙寫〈哪吒〉，筆下文字

就像一串珍珠，一顆牽動一顆。一夜之間，我把對文學的嚮往傾瀉而出，經歷寫作的狂喜。發表後，我從此不再看這篇作品，再也抓不住這種感覺，轉到巴黎念美術。這篇小說成為我的棄嬰，一棄就是四十年。（按：〈封神榜裡的哪吒〉初刊於一九七一年九月白先勇主編的《現代文學》雜誌）

白：沒想到，奚淞和哪吒其實結了一輩子的緣。

奚：母親去世後，我一直在佛法中摸索。我畫了三十年的觀音，畫觀音對我來說就是禪修。幾個月前，我畫了一尊觀音，身體趺坐、側身看著岸邊一朵蓮花。我畫觀音時，覺得人生真是奇妙。我當年寫〈哪吒〉的頭尾，是哪吒的師父看著岸邊的蓮花，說哪吒就是蓮花化身。我那時怎知道，四十年後我居然摸索佛學還在畫這朵蓮花。

人初生的生命就像種子，努力迸發萌芽時，可能會預見到未來的樣子。我覺得先勇年輕時所寫的小說就是這樣，他所寫的世界不是年輕人所認識的世界，而是他用生命爆發出來，所看到的世界。

去年（二〇一三）我接到《文訊》雜誌的信，希望我捐一些書畫義賣，我準備捐這幅觀音像。第二天早上，我騎著腳踏車經過一間廟，發現廟前的垃圾堆裡放了一尊木雕。一看，竟然是哪吒。廟裡的人說不是他們的，我便將神像放在車籃中帶回家。洗去塵灰後，發現這尊木雕年代悠遠，可能是出自大陸唐山雕刻師傅之手。

上網查資料，才發現三太子在台灣很紅。傳說《封神榜》裡的哪吒，是托塔天王李靖的兒子，因為誤殺龍王之子，龍王到玉皇大帝前告狀。李靖回去教訓兒子，哪吒回道：我來到這世上不是自願的，既然犯了天條，我便剔肉還骨，償還這罪便是了。

但網路上一直追問：哪吒是不是印度人？原來哪吒的身世也一直有學者在探究。我這才知道，哪吒是唐代大乘佛教盛行時，隨印度神話一起進入中土。哪吒原本是護持佛法四大天王中北方毘沙門天的第三個兒子，這個故事後來演化成道教的神話，哪吒也成為道教最年輕的神，在台灣擁有普遍的信仰。我在這裡找到哪吒和佛教的淵源。

難怪我老覺得「剔肉還骨」不是中國的故事，中國人講身體髮膚受之父母，不會編出這麼離譜的故事。我還請印度的師父幫我查，他說這也是一個印度遺失的神話故事，但經典的確記載毘沙門天有個名叫那吒俱伐羅的兒子。再繼續追查下去，才赫然發現《普門品》中談到觀世音菩薩的變化身時，毘沙門天也是觀世音菩薩的化身之一。阿彌陀佛和觀音是中國人最重要的信仰，尤其觀音代表慈悲心，被中國人逐漸轉化成女性，以一個母親的性格出現。進入歷史期的人類社會是一個由男神主宰、表面理性卻充滿了戰爭和經濟掠奪的社會，底下卻潛藏著愛與慈悲的女神所支撐、不可思議的世界。其實，早在石器時代就是一個女神的社會，卻被人類文明壓制下去了。

三十年來，我追尋母親慈悲的容顏，走了這麼大一圈，從哪吒找到觀世音菩薩。我這三十年，就像認祖歸宗，又像苦兒流浪記，終於找到家門。

我家中供奉哪吒像，上面是他父親毘沙門天，底下供著《妙法蓮華經觀世音菩薩普門品》，裡頭記載觀音可以化身為毘沙門天的經文。下面有一張照片，是我捐給《文訊》拍賣的「觀蓮菩薩」，旁邊有一張三太子當初被棄置時蒙在臉上的紅紙。底下寫著「花開證法，歸根成靜」偈句，意為蓮花的開放象徵著覺悟，當他認識自己的本源時，心裡是安靜的。哪吒雖然腳踏風火輪、拿著武器，只要找到本源，心裡卻是沉靜的，因此我畫的哪吒，手裡拿的不是武器，是一朵蓮花。

文學最高的境界就是宗教的境界

白：像哪吒對奚淞一樣，《紅樓夢》對我來說也是一生一世。我九歲在上海聽廣播電台講《紅樓夢》，看紅樓夢的連環畫、小人書，還集了好多賈寶玉、林黛玉的公仔牌。我退休前教了二十九年的書，以為自己可以不再教書了，沒想最近因緣際會，又在台大開《紅樓夢》課程。

現在的年輕人，很少人願意從頭到尾好好讀《紅樓夢》。這本書是「天書」，不能不看的。我上課講到賈寶玉出場時，說他戴了一身裝飾，「面若中秋之月，色如春曉之花」，長得就像是神的樣子。我到奚淞家看到三太子的神像，一驚，這不就是賈寶玉！

賈寶玉是神瑛侍者，到賈家十九年還滿俗緣便走了。他就像哪吒轉世，離開也像哪吒剔肉還骨，肉身給賈府留下一個孩子和功名，佛身則走了。

哪吒和賈寶玉，都是中國神話文學中的孽子系列。他們都是叛徒。哪吒是天庭的叛徒，儒家社會容不下賈寶玉。他們被制式社會趕除，遭到流放的命運，不同的是賈寶玉選擇的是自我流放。

奚：賈寶玉非常敏感，他經歷大觀園中眾生的悲苦，這不就是白先勇嗎？

白：《紅樓夢》在某方面就像是佛陀傳，寶玉就像悉達多太子，經歷生老病死。

奚：悉達多太子的敏感，跟他從小失去母親有關。他的母親摩耶夫人，在蓮花池邊生下悉達多，七天後便去世。他的生命中有一種惘惘然的缺失沒有補上，讓他會去關懷世間的苦。

白：悉達多太子、耶穌和賈寶玉，他們都看盡世間的苦，想要找一種救贖。

奚：他們想翻轉這種苦，苦成為一種入道之門，藉苦去看生命的真相。一般人養尊處優，沒有這種敏感去體悟生命之苦。

白：救贖一直是文學的主題。我在《孽子》中寫龍子也是如此，他死過一次回來後，想在阿青、跛腳小孩的身上，找回生命的救贖。

奚：生命的大痛不止會通到文學的深處，也會提升至宗教的境界，這也是連結宗教和哲學、文學之處。

白：文學要達到很高的高度，必須觀照整個人生，必須跟宗教有所結合。文學最高的境界，也是宗教的境界。

《紅樓夢》對女性的尊重，沒別的小說比得上

奚：很少有一部文學可以像《紅樓夢》一樣，把世間的繁華盛景，架構在宗教、神話的結構之下。

白：《紅樓夢》用燦爛華美的文字，表現「空」的哲學，一片白茫茫大地真乾淨。

奚：年輕時看到《紅樓夢》結尾，賈寶玉穿著大紅猩猩斗篷在雪地中匆匆四拜，會感到一種惆悵，那是因為年輕的心對堆金砌玉的世間繁華還有留戀。現在活到一把年紀，開始感到浮生若夢，夢不是假的，而是把真實的東西翻過來，讓你看到真相。現在再讀賈寶玉雪地四拜，不再感到悲愴，而是看到一種開悟的境界。《紅樓夢》不是追憶似水年華，而是把有和無翻轉過來，把一切現象翻轉給你看清它們是空性的。

白：奚淞的畫室有一個對聯：「天地同流眼底群生皆赤子，千古一夢人間幾度續黃粱」，我在台大開課時，就用這副對聯來說《紅樓夢》的境界。

奚：這是在絲路張掖古廟裡的對聯。我們一群人走絲路時，一位學佛的朋友突然有了靈感，領頭帶我們進入一間斑駁美麗的古廟，裡頭有一座臥佛。廟裡的對聯都是斑駁不清，只有這對是清楚的。它是當年西夏國的對聯，但用的是中文。在戈壁

沙漠那種茫茫然的天地線下前進，你會產生「天問」：問天地之間我的存在是什麼？人們在黃沙中不斷追逐地平線、永遠不會抵達，就像世間人都在尋找幸福，卻永遠不會找到。我們都活在時間和空間的幻覺中，就像史特林堡的《夢幻劇》或柏格曼的電影《芬妮與亞歷山大》裡所傳達的精神。

白：就像湯顯祖在《牡丹亭》中所言，夢中之情，未必非真。

奚：《紅樓夢》一開場便出現「女媧補天」的故事。祂是一個女神、遠古石器時代母系社會殘留的神話。曹雪芹在大觀園的女性中尋找愛的本質，是一種「女性」的探尋，就從女媧補天開始。

白：人類文明的表象世界，是一個理性邏輯的社會，充滿政治、經濟、戰爭和掠奪，得靠女性來扭轉。就像天庭男神吵架把天柱弄斷了，要找女媧來補天，因此永遠會有一個「大地之母」的神話。

白：《紅樓夢》跟《水滸傳》所代表男性的世界，形成兩種極端。《紅樓夢》對女性的尊重，沒有別的小說比得上。

奚：《孽子》裡圍著新公園團團轉的一干主角，都在追尋父親的認同，但他們所踏的土地，卻是清代天后宮的遺址，供奉女神媽祖。

白：「親子」之間的關係很神祕的，父母給你生命，中間卻是一連串問號。龍子這麼怨他父親，根源是對自己存在的惶惑與追尋。

溪：「孽子」代表生命中的受傷與受苦的人，以及他們生命的可能性，他們所發出的「天問」與可能的翻轉。在這點上，我和先勇很能共鳴。

白：我雖然沒有研究宗教，但心境上卻是。我對佛教的興趣，便來自《紅樓夢》給我的文學的引導。

四之三——白光：時代的歌聲

唱出戰後人類心靈的滄桑

溪：我跟先勇認識時，他正在寫《臺北人》，包括〈一把青〉、〈永遠的尹雪豔〉，〈一把青〉直接用了白光唱的〈東山一把青〉歌詞。那個時代，大街小巷播的都是周璇、白光的歌曲。她們的歌聲，是我們生命中最重要的聲音。

白：那時候沒有電視，只有收音機。二次世界大戰後，白光的歌聲響遍中國，尤其是上海。

奚：在那樣劇烈變動的時代，總會出現一種歌聲，傳遞出既頹廢又深情的時代情感，這種歌聲只會在都市文明成熟發展的城市中出現。如柏林的瑪琳・黛德麗（Marlene Dietrich）、巴黎的琵雅芙（Édith Piaf），她們的歌聲流露女性受到創傷後的堅強，知道朝不保夕，又有一種頹廢。

白：她們的歌聲唱出戰後人類心靈的滄桑、都市文明的頹廢。只有在巴黎、柏林、上海這種遭戰火洗禮的大城市，一切都燒完了只剩下廢墟，才會出現這種歌聲。她們的歌也可以說是輓歌，對時代與生命致哀的輓歌。

奚：我喜歡她們的歌聲，多少是因為父親。他們那一代的所有家當在大陸一放就沒了，飄洋過海、流離失所。我從父親的收音機中認識白光的歌聲。我們這一代跟著父母來到台灣的人，有一種「失樂園」的情懷，覺得有什麼東西失落在大陸了，到底失落了什麼，勾起我們的探尋。白光的歌是父親那一代人流露情感的方式。他們會有78轉的老唱片，放著白光的

〈我等著你回來〉，因為太太或情人就在大陸等著。我們沒見過那個時代，只是透過這些歌曲觀望、想像那一個時代。我認識白先勇後，發現他竟然認識白光。

樓上住著李麗華，巷子口住著白光

白：一九五〇年我到香港，住在尖沙咀，那時候上海的難民都住在這。我的鄰居許多是上海的明星，樓上住著李麗華、巷子口住著白光。我第一次見到白光是在理髮院，她為理髮院——那家理髮院就叫「白光」——剪綵。她是一個好玩、瀟灑的人，對那些理髮師說「來來來照相吧」，完全沒有大明星的架子。

奚：有人問白光，她的藝名怎麼來。她回答，我拍電影，電影不就一道白光嗎。她來台灣，記者問她，為什麼老把「魂縈舊夢」唱成魂「榮」舊夢。她說，啊，我一直以為是魂「榮」舊夢。白姐兒非常有意思、很豪氣。

我第一次聽白光唱歌，是白先勇的二哥白先德帶我去的。那一年她在高雄的藍寶石大歌廳首演，燈光打下去，白光穿著全身都是花的長旗袍，一束光照在身上，幽幽開嗓：「我愛夜、我愛夜」，全場起立致敬，對她與那一個時代。

「我愛夜／我愛夜／更愛皓月高掛的秋夜／幾株不知名的樹／已脫盡了黃葉／只有那兩三片／那麼可憐／在枝上抖怯／它們感到秋來到／要與世間離別……」天啊，「幾株不知名的樹」，把那一代的感情完全寫出來了。〈秋夜〉的歌詞這麼簡單，卻馬上碰觸到深刻的情感。那個時候的歌曲和詩詞沒有斷絕，〈秋夜〉雖然是白話文，但歌詞充滿了詩意。

聽完白光唱歌，我和白二哥跑到後台，想唱白光的歌給白光聽。我和白二哥站在她面前唱〈魂縈舊夢〉，白光眼睛瞪得好大。

歌聲帶給白先勇創作的靈感

白：她曾拍過一部好紅的電影《血染海棠紅》，〈一把青〉就來自那部電影插曲。沒有她的〈東山一把青〉，就沒有我的〈一把青〉。

我在香港的快樂戲院裡看《血染海棠紅》。那時的大明星都會隨片登台。只見白光頭上插著花，穿上大紅旗袍，手一揮就唱了，一邊跳舞就一邊唱歌。

「今朝呀鮮花好／明朝呀落花飄／飄到哪裡不知道／郎呀尋花要趁早啊／唉呀哎

哎喲／郎呀尋花要趁早啊／今朝呀走東門／明朝呀走西口／好像那山水往下流／郎呀流到幾時方罷休……」（〈東山一把青〉）如果沒有經過戰爭、死亡與飄零，歌聲裡不會沉澱這種滄桑的情感。

奚：她們就像永不屈服的女神，雖然粉身碎骨，依然不屈不撓，象徵永恆的母性，擁有一種女神的本質。

白：這種歌聲男生唱不出來的。我曾問過白光，喜不喜歡瑪琳・黛德麗和琵雅芙，她說，我就喜歡她們兩個。

奚：白光用歌聲，抓住了白先勇小說中女性的原型。

白：我並非以白光為原型創造角色，而是她的歌聲帶給我創造角色的靈感。如果我的小說中有滄桑感，那種滄桑感跟白光的歌聲是一樣的。

奚：這是一種靈感的原型。當你塑造出一個角色時，心中會有一種感覺、直覺。

白：就像母親唱安眠曲安慰孩子聽，白光用滄桑的歌聲，安慰這些飽受戰亂流離的人。

白：一九八〇年代，我曾跟白光在香港海邊散步。我問她最喜歡哪一首歌。她說是〈我要你〉。

奚：「我要你／常在我身邊／廝守著黑夜／直到明天／我要你／常在我身邊／忘卻了煩憂／互相慰安／夜長漫漫／人間淒寒／只有你能／帶給我一點兒溫暖……」「一點兒溫暖」，就是那個時代的感覺。

這首歌把那個時代朝不保夕、萬事明天化為雲煙、過了今天可能沒有明天的氛圍，唱了出來。看過費雯・麗和勞勃・泰勒演的電影《魂斷藍橋》就會知道這種感覺。

一九九三年，七十多歲的白光與她最後一名情人顏龍，在電影資料館的高肖梅陪同下來到我家。我問她，怎麼可以把《血染海棠紅》中的壞女人演得這麼好。她說：誰是壞女人？我就自自然然地演她。我這才明白了，後來李麗華也演過這個角色，她把她當作「壞女人」來演，她的演技很好，卻不感動人。

白：還有《蕩婦心》和《一代妖姬》，白光演得真是好。她演的不是戲，而是人生；她把人生演出來了，而不是作戲。白光唱歌也是，她不止唱歌，還唱出人生。

奚：在我眼中，白光是一尊敦煌菩薩，她那個高挑的方臉，分明就是一個敦煌菩薩。她的迷人之處，是超越了好女人、壞女人，進入一個女性的本質，擁有一個大悲心。她就像白先勇小說裡的金大班，看到小舞女出事，一個鑽戒就脫下來、送給小舞女了。

白：白光是時代之聲。就像鄧麗君用歌聲安撫了飄零到台灣的人，白光撫慰了戰後中國受傷的靈魂。

奚：鄧麗君的歌聲像大地回春，有一種生命溫柔的喜悅，像新生的愛情。白光則是戰爭的滄桑，但底下也潛藏一種女性的撫慰，她也是一種地母型的人。

我在巴黎念書時，有一次電影中心掛出要演《蕩婦心》。那時巴黎的中國人老死不相往來、不大見面，聽說要演《蕩婦心》，嘿，到處都鑽出中國人來了。結果電影中心的人說搞錯了，要演的是《天下父母心》，不是《蕩婦心》，引起觀眾群起抗議。那時我才明白，白光是祕密社會，天涯海角都會有白光迷，每個時代都會有白光的粉絲，因為她的歌曲已經超越了流行。

大家在歡樂的輕歌慢舞後，免不了會碰觸到人生的滄桑、深刻的頹廢，這時候就會碰見白光、琵雅芙，她們是流行中的古典。

白：白光的歌就是《臺北人》的調子。她歌裡的滄桑，就是《臺北人》的滄桑。

奚：她的歌聲已進入我們這一代的生命，成為性格中的一部分，永遠不會消失。

四之四——崑曲的情與美：從青春版《牡丹亭》到新版《玉簪記》

撿來的生命，做未竟之業

白：在青春版《牡丹亭》之前，我製作過兩次崑曲。一九八三年，我首次把崑曲搬上現代舞台，邀請徐露、高蕙蘭演《遊園驚夢》、《春香鬧學》。一九九二年，我又把華文漪請回台灣，與高蕙蘭演《遊園驚夢》。

二〇〇二年，我院子裡養了一盆花，是雲南來的「佛茶」，花比一個碗還大。有一天下午，我走到車房裡去拿一袋土給佛茶，往上一搬，心臟感覺有一隻手伸進來抓了一把，非常不舒服。我們家族有心臟病的遺傳，我對這事很警惕，馬上去看醫師。到醫院一做檢查，醫師臉變綠了，說你的心血管百分之九十九阻塞了，隨時可能心臟病發作，簡直命若游絲。他馬上抓著我緊急開刀。醫生告訴我，命是撿來的。上天留我下來，應該是有未竟之業，我想是佛叫我做一點事，還是餘生最重要的事。我想起了崑曲。

奚：人活到一個年紀，生命的痕跡會變得很清晰，好像找到一個脈絡。你們別忘記先勇是白將軍的兒子，他把領導軍隊的能力拿來做崑曲，大家有錢出錢，有力出力。

白：我把古兆申、樊曼儂、辛意雲……最難弄的一群人都集在一起。有一天，我帶著全隊人馬飛到蘇州去開會，第一次會議開到晚上兩點。那時是冬天、蘇州漫天大雪，東山的梅花開了，豔得不得了。團隊裡都是浪漫得不得了的藝術家，大家想一早去喝酒、賞白雪中的梅花。他們認為我早上爬不起來。

我一聽，說你們玩物喪志，這個節骨眼還有心情去賞梅。第二天我一早就爬起來，準時九點開會。現在回頭看，還好沒去賞梅，不然肯定軍心渙散。

冥冥中有一股神祕的力量，要我做青春版《牡丹亭》。這是連續三天的戲，我請來兩岸最到頂的藝術家打造，卻大膽啟用兩名新人演柳夢梅和杜麗娘。多少次要倒下去了，總會出現一隻手扶起。

我們自己的表情、美感是什麼？

奚：你做了一個時代需要的事情，不知不覺便會引動很多人的心匯聚起來，就像大家會去護持宗教一樣。

青春版《牡丹亭》造成一種典型，也是一種呼喚，讓拚命學習現代化而失去自己表情的中國人開始思考：到底我們自己的表情、美感究竟是什麼？就像我的恩師俞大綱說：「讓我們傾聽祖先的腳步聲。」想到了我們自己的傳統。

白：可能激起了大家對文化的使命感，因此有一種宗教的情操。中國文化衰微了這麼久，這是我們的隱痛。

奚：《詩經》三百，第一首便是「關關雎鳩，在河之洲。窈窕淑女，君子好逑」，試圖從人情之常去建立一個理想中的社會。歷代有許多大師在綱常混亂之際，都想重新探觸這份「人情」，如唐代的李商隱、明代的湯顯祖等，到了今天也有我們的文學家白先勇。他們想用真情搖醒大家的痲木，這個至情至性，也就是傳統中國人建構人文社會最重要的東西。

青春版《牡丹亭》不只是一部言情戲劇，它背後反映了深受禮教束縛的明代社會，湯顯祖應運而出，以至情至性破除社會普遍的痲木狀態、政治的昏聵。在四百多年前《遊園驚夢》中大膽的做愛戲，居然莊嚴堂皇，像一個宗教儀式，這恐怕是舉世所無的。

白：它是宇宙性的做愛。

奚：盛裝的少女走到庭園，開始唱「裊晴絲，吹來閒庭院」。春光大好時，你會看到神祕的蜘蛛吐出看不見的絲，爬到高處乘風而飛。湯顯祖開宗明義說，「情不知所起，一往而深」，看不見的晴天的絲，突然讓你生起情愫。杜麗娘與柳夢梅在太湖石旁做愛，一旁是十二月個的花神共舞，還有夢神。用天地神明來烘托人類的做愛，生命從此奠基。這樣的戲劇表現讓我們想到情與美如何和天性相應、結構成合理的人倫文明。

白：這是一個宗教的象徵、儀式。它把《牡丹亭》從言情戲拉高層次，成為神話和寓言，對人生和情的寓言。大家都能從中找到共鳴。

「情與美」喚醒社會的麻木

奚：湯顯祖是中國少有的奇才，他想用情與美、華麗燦爛的舞台形式來改革中國社會。南京大學教授劉俊寫白先勇傳記，也用「情與美」為書名。在混亂的時代，需要用情與美，喚醒整個社會的麻木與昏聵。

白：十年前青春版《牡丹亭》（二〇〇四）時，中國民族正處於需要救贖的時候，文革後一片廢墟，處於文化認同的十字路口，非常茫然。這部戲演了二百三十多場、走了三十多所大學，從蘭州演到西安、桂林，這些地方從來沒看過崑曲。在很多大學演出時造成轟動。因為，這部戲找到表現中國人表情的方式，以中國最美的形式，表現中國人最深的感情。

奚：青春版《牡丹亭》也為中國找到文化的尊嚴。

白：中國在十九世紀失魂落魄，表情不會了，眉來眼去也不懂了。

奚：我們學了太多西方的表情，忘記了自己的表情。

白：「情與美」是救贖中國的兩種力量。我們累積了四、五十萬人次的觀眾，其中百分之六十是二十來歲的年輕人。他們不一定看懂、感受也不見得深刻，卻參與了一場「情與美」的儀式。

奚：在氾濫的物質生產和廣告行銷之後，社會大眾會開始翻轉，尋找心靈精神真正的滿足。你不需要那麼多的物質和消費，心靈也可以得到和諧與滿足。這份和諧正是中國傳統文化所一向推崇的，卻在急切地向西方學習的過程中，不知不覺斬斷了，就像美人自毀花容。崑曲不應該是一時的流行，它對未來的世代是一種啟發。說到文化的傳續，就像日本人以恭敬的心看能劇，為的是從中找出古典與現代的連結。

白：就像東京再怎麼新潮，日本人始終還是努力保存京都的古風。以前大陸學生談到崑曲，會說是爺爺奶奶看的「睏曲」、看了要睡覺的，現在卻對崑曲心生尊敬，覺得看崑曲是參加一種文化的儀式。

奚：如果學生能用尊敬的心看崑曲，忍耐它的「睏」，那才是真的進入狀況。現在的博物館，只想把古畫變成3D、動畫，而不讓觀眾好好、安靜地看一幅畫。除了「情與美」，崑曲的美感之下更蘊藏中國儒釋道三家合流的成熟文化，《玉簪記》便是代表。

傳統戲曲如何適度地跟現代科技結合？

白：青春版《牡丹亭》做到頂後，我一直在想，如何再找一部戲超越。我想到《玉簪記》的〈秋江〉，波濤洶湧中，兩人海誓山盟，真的是還諸天地。《牡丹亭》帶給我的靈感，是如何把中國古代元素放到現代舞台。新版《玉簪記》裡有佛教藝術、古琴、書法，都是中國最重要的傳統文化。〈琴挑〉以琴傳情，〈偷詩〉則以詩示愛。青春版《牡丹亭》有二十七折、新版《玉簪記》只有六折，可以做成更精緻的藝術品。

我們在〈偷詩〉這折戲中，放一幅奚淞畫的觀音在舞台上，俯瞰兩個小男女、芸芸眾生談情說愛。中國傳統不能在佛像前談情，我們讓它反過來，佛也有情。奚淞有一本畫冊《三十三白描觀音菩薩》，我一翻就是這個菩薩，把祂請上台。祂一上台，整個台就活了。

奚：這個舞台上的觀音讓我想到費茲傑羅的《大亨小傳》，小說描繪廣告招牌上一雙超大的眼睛，始終凝視著這個世界。

白：「情」在崑曲裡變成一種宗教的儀式。新版《玉簪記》的舞台上，奚淞畫的菩薩，手裡有一朵蓮花，加上董陽孜的書法，兩者配在一起產生了一種特殊力量。

奚：舞台上的「菩薩手」好像在護持青春的花朵。在大乘佛教菩薩思想開展後，對情感有另一種詮釋。在菩薩的護持下，從至情至性可以引導成心靈的開悟。

白：新版《玉簪記》不止是一齣戲，更延續了中國琴棋書畫的傳統。

奚：新版《玉簪記》的舞台不是西方的寫實，而是一種象徵性的表現。〈秋江〉裡沒有真的水、而是以書法象徵江水，呼喚整個情境。

白：崑曲的美學是抽象寫意、象徵詩化的。有劇團演《牡丹亭》，在舞台上吊了一園子的塑膠柳枝。我們的《牡丹亭》只擺了一幅抽象畫，表達「奼紫嫣紅」的意境。我製作的青春版崑曲，舞台上的布景都是抽象寫意、象徵性的。

奚：現代劇場的舞台比古代大很多，現場觀眾也多了許多倍。如果還是像傳統崑曲一樣只擺一桌二椅，那是不行的。要引爆劇場，或許得借助一些現代的技術。

白：現代舞台都有電腦控制的燈光。我在想，未來的表演藝術必得跟現代科技結合。中國傳統戲曲如何使用科技，卻不被傷害，這就是工夫。

——原載於二〇一四年五月《聯合報副刊》，陳宛茜／記錄整理

國家圖書館出版品預行編目資料

紅樓夢幻：《紅樓夢》的神話結構 / 白先勇、奚淞著．
-- 初版．-- 臺北市：聯合文學，2020.2
232 面；14.8×21 公分．--（聯合文叢；657）

ISBN 978-986-323-335-0（平裝）

857.49　　109001411

聯合文叢 657

紅樓夢幻：《紅樓夢》的神話結構

作　　者／白先勇　奚淞
發 行 人／張寶琴

總 編 輯／周昭翡
主　　編／蕭仁豪
資深編輯／林劭璜
編　　輯／劉倍佐
資深美編／戴榮芝
業務部總經理／李文吉
發行助理／詹益炫
財 務 部／趙玉瑩　韋秀英
人事行政組／李懷瑩
版權管理／蕭仁豪

法律顧問／理律法律事務所
陳長文律師、蔣大中律師

出 版 者／聯合文學出版社股份有限公司
地　　址／（110）台北市基隆路一段 178 號 10 樓
電　　話／（02）27666759 轉 5107
傳　　真／（02）27567914
郵撥帳號／17623526 聯合文學出版社股份有限公司
登 記 證／行政院新聞局局版台業字第 6109 號
網　　址／http://unitas.udngroup.com.tw
E-mail:unitas@udngroup.com.tw

印 刷 廠／沐春行銷創意有限公司
總 經 銷／聯合發行股份有限公司
地　　址／（231）新北市新店區寶橋路235巷6弄6號2樓
電　　話／（02）29178022

出版日期／2020 年2 月　初版
2024 年8 月20日　初版十刷第　次
定　　價／380 元

本書與 趨勢教育基金會 共同製作

ISBN 978-986-323-335-0（平裝）